kaze no tanbun

特別ではない一日

柏書房

kaze no tanbun

特別ではない一日

けれどぼくたちは住むところ以外はだいたい失ってた。

やっぱり身づくろいくらいはね。ゴシック体を明朝体に変更したりね。一行文字数を整えたりさ。一応、人前に出るわけだから。

短文性についてⅠ

妻の女代理人は中年にしてげんじつから片足を踏み外しているように見えた。いつも見た夢のはなしばかりしているのだ。

「――後ろから軽く突き飛ばされて、じたばた騒ぐうち勝手に交尾されてしまったんですわ。羽毛が飛び散って目もまわり、固い結髪も乱されました。ひと筋ふた筋くちびるの端に噛み、ようやく手をつき振り向きましたが、崩れかけた石神殿の空漠にただ石柱の列があるばかり。空漠、ひとり打ち捨てられた空虚、日陰から見上げれば高みへと墜落していきそうな真っ青な空――賊は間違いなく柱の男たちのひとりです。ええ、古来申しますように柱の属性は男であり、男というものはそもそも誰もが柱なのですわ。ドーリア式にイオニア式コリント式、建築様式《オーダー》の細かな差異など気にもしませんが、比率正しくすらりと容子のよい独立円柱こそ我が仇、我が敵手。そこでわたくし思い切って、折れ砕けた横笛も打ち捨てて、はるかな装飾柱頭めざしひと息に飛びたったのでした。いつもは鳥脚を使って歩行するのみで、実用性に乏しい飾りの翼とばかり思っていましたが、じっさい使ってみればまあよく飛べること。その爽快であること——列柱廊の梁構造も邪魔とばかりに上下左右自在に飛びまわり、そ知らぬ風情の柱たちへ向かっては精いっぱいの羽根打ちやら、小当たりの頭突きを繰り返しました。そのうち神殿に仕える身上も忘れ、からだも縮んでただの身軽な小鳥と化していたような——でもこれ幸いと、もっとも雄々しく美しい円柱を生涯の伴侶と思い定め、わたくし上空よりさいごの猛突進を敢行したのです。そして今ここにおりますの」

「あなたは迦陵頻伽でしたか」

「え」

「かりょうびんが。女の上半身と鳥の下半身、両翼を持つすがたですね。結髪して多くは楽を奏でる。語源はサンスクリット語。仏典にあらわれる仮想の生き物ですから、ギリシア神殿ではちょっと」

「ええ、びんがびんが」

年金生活

私たちのようなのを、「逃げ水世代」と呼ぶらしい。

年金をもらえるはずの年齢が、私たちがその歳になるちょっと手前で先に先に引き延ばされつづけたからだ。さいしょ六十五歳だったのが七十になり、七十五になり、八十になり、八十五になり、九十の誕生日を迎えるころには、もう延期の通知すら来なかった。

抗議しようにも、お役所はとっくに機能を停止している。電話は通じないし、郵便局にももう人はいない。だいいち文句を言う気力も残っていない。何十年と肩透かしをくわされつづけて、もうがっかりするのが普通になってしまった。

夫と私は一日のほとんどを庭の畑で過ごす。トマト、茄子、ハツカダイコン、ジャガ芋。小さいし形もいびつだけれど、ほかにやることはないし、何より腹の足しになる。以前はよくカラスにやられたものだが、動物はすべて食べつくされてしまって、その心配もなくなった。カラスもハトも犬猫も、もう何年と姿を見ていない。

夫婦のささやかな楽しみは昼下がりのピクニックだ。晴れた日には近くにあるちょっとした丘のてっぺんまで登って、景色を眺める。東京タワー、その先の富士山まで、くっきり見える。近すぎてちょっと怖いほどだ。昔はどちらも正月くらいしか見えなかったけれど、十年ほど前に石油の供給がとだえてからは、空気が本当にきれいになった。ときどき双眼鏡を目に当てて、昔よく訪ねた街をあちこち探す。東京タワーのふもとにこんもりと広がる濃い緑の森は銀座だ。タワーもよく見ると、半ばまでツタに覆われている。

毎日こうしてえっちらおっちら丘に登り、電気も来ないから夜明けとともに起き、暗くなると寝て、雑穀と野菜ばかり食べているから、私たちはぐんぐん健康になった。商社勤めしていたころはでっぷり肥って糖尿ぎみだった夫は、見ちがえるように引き締まって真っ黒に日焼けしている。二人とも、八十代のころより今のほうが足腰も力もずっと強い。風邪もひかなくなった。これじゃどうやって死ねばいいのかわからないねえ、と笑い合ったあと、体のどこかがすうすうする。子も孫もいない私たち夫婦は、どちらか残ったほうが孤独に死ぬしかない運命だ。医者もいないから、一人ぼっちで病に苦しみながら死を待つことになるのだろう。

今日の晩は焼き茄子と茹でたオクラ、トマトの干したの、少しのソバの実を食べた。寝る前に納戸に行き、戸棚の奥にしまってあるあれがちゃんとそこにあることを確かめた。瓶の底のほうに白く一センチほど残っているだけだけれど、一人ぶんには十分足りる。安心して眠るための、これが毎夜の儀式だ。

ある日、政府がとつぜん年金を給付すると発表した。びっくりした。何をいまさら。いやそれ以上に、政府というものがまだあったことに驚いた。国のいちばん偉い人が誰なのかもよくわからなかったし、気にもしていなかった。テレビは何年も前にただの箱になっていたし、新聞はそのはるか前に死に絶えた。このたびの発表も、町内会の掲示板に貼り出された一枚の紙だった。

数日後、ことんと音がして、郵便受けに小さな箱が落とされた。手のひらにのるほどの粗悪なボール紙製で、フタに〈日本国〉とかすれた朱色のハンコが押してある。中には濃いオレンジ色の、干からびた海綿みたいなものが一かけら入っていた。私と夫は顔を見合わせた。訳がわからない。まさか、これが年金？　私はムカムカした。なんなのよ、これは。人を馬鹿にするにもほどがある。さんざん人を待たせたあげく、こんなゴミみたいなものよこして。箱を壁に叩きつけて、さっさと寝に行ってしまった。

翌朝、夫の呼ぶ声で目を覚ました。おおい、ちょっと来てみろ。台所に行ってみて、ひゃ、と声が出た。淡いオレンジ色の、ぷるぷるしたものが、食卓を覆いつくすように平たく広がっていた。

表面がつやつやして、さざ波のようなウロコ状になっている。私が怒って寝てしまったあと、夫が箱を拾ってみると、蓋の内側に〈水を一滴垂らしてください〉と書かれていたのだという。私たちは昔からこうだった。すぐ頭に血がのぼって突進する私と、私が見落としたものを黙って拾い集める夫。

見ているうちに、なんだか無性にお腹が減ってきた。夫も同じことを考えているのが顔つきでわかった。これが年金と言うのなら、せめて飢えをしのげるのでなければ話が合わない。端っこを少しちぎって、生はちょっと怖いので、七輪で網焼きにしてみた。おそるおそる口に入れる。（……？）（……！）この味。あまりに久しぶりで、思い出すのに時間がかかった。肉だ。牛肉の、味と歯ざわり。最後に食べたのは何十年前だろう。とっておきの醤油を出してきて、二人で夢中でむさぼり食った。本当に何年かぶりに、心ゆくまで満腹になった。

こうして私たちの〈ねんきん〉暮らしが始まった。不思議なことに、〈ねんきん〉は食べても食べてもなくならないどころか、ひと晩たつと、前よりももっと増えていた。さらに不思議なことに、切り方や調理の仕方で、どんなものの味にでもなった。細かく刻んで茹でれば麵。粗くちぎれば生野菜。鶏肉、豚肉、アジ、秋刀魚、マグロ。毎日満腹で、心も体も満ち足りた。私たちはもうあまり畑に出なくなった。

〈ねんきん〉が食べられるだけでないことに最初に気づいたのも夫だ。〈ねんきん〉の近くに出しっぱなしにしてあった縁の欠けた茶碗が、朝起きてみたらきれいに修復されていた。欠けた部分の色こそちょっとちがうが、指ではじいてみると、チン、と硬質の音がする。私たちは興奮して、いろいろなものを〈ねんきん〉に修復してもらった。片方ツルの取れた眼鏡。ペン先がなくなった万年筆。破れた肌着。傘。しゃもじ。コップ。ブラシ。腕時計。スコップ。窓ガラス。

いまや台所いっぱいに広がって、壁を這いのぼりはじめている〈ねんきん〉に向かって、ありがとうね、と言ってみた。〈ねんきん〉は心なしか輝きを増して、ぷるんと小さくふるえたように見えた。

やがて〈ねんきん〉は、頼まなくても、私たちが内心欲しがっているものに姿を変えるようになった。せっけん。靴。歯ブラシ。乾電池。ウイスキー。バナナ。コーヒー豆。ウクレレ。何十年ぶりかで淹《い》れたコーヒーの味に、私は泣いた。昔は昼下がりにコーヒーを飲み、近所で買ってきたケーキを食べるのが日々の楽しみだった。音楽を聴いて。本を読んで。明日の食料の心配なんて、先のことなんて、あの頃はこれっぽっちも心配していなかった。

ある朝目がさめてすぐ、体に異変を感じた。寝床に横になったまま、その部分をまさぐってみた。気のせいではない。洗面所に駆けこみ、パジャマの上をめくりあげて、ひび割れた鏡を見た。右の乳房が戻っていた。五十を過ぎたころ、ガンが見つかって切除した、それが戻っていた。洗面所でげらげら笑っている私を心配して夫が見にきた。見てちょうだいこれ、と私は言った。左はしわしわに萎びて垂れた老婆のおっぱいなのに、戻ってきた右のほうは、切ってしまう前の、五十のころの胸だった。左右があんまりちがうので、おかしくておかしくて、でも笑いながらああそうか、と納得した。〈ねんきん〉は、私たちの記憶の通りに再現してくれるのだ。傷あとだけになったその部分を見るたびに、私は失くした当時の胸の姿を思い出して悲しんでいたのだ。その欠落を、〈ねんきん〉はどういうふうにしてだか感じ取って、埋め合わせてくれたのだ。

だから〈ねんきん〉が台所の一角で柱状に伸びあがり、それが何日もかけて少しずつ人の形を取りだしたとき、私たちにはそうなることが心のどこかでわかっていた。そうなることを願っていた。

さいきん私たちは、朝目が覚めるとまっ先に台所に飛んでいく。今朝はいよいよ目鼻立ちがはっきりしてきて、記憶の中の顔と寸分たがわない。大学生のときにスキーバスの事故で死んでしまった、私たちの一人娘。名前を呼ぶと、睫毛がふるえて口の端が上がる。そこから声が聞こえくる日も近いだろう。何より声を、あの子の声を、私たちはいちばんはっきり覚えているのだから。

私たちは、すっかり荒れはててしまった畑を手入れしなおし、季節の花の種をたくさんまいた。もうすぐ娘が歩けるようになったら、いっしょに花を眺めよう。三人で丘に登って、富士山や東京タワーを見せてあげよう。少し遠出をして、海を見にいってもいいかもしれない。歩きで何日かかるかわからないけれど、海はきっとまだ同じ場所にあるはずだから。

もう最近では、今が何月何日なのかも、自分が幾つなのかも、よくわからなくなってきた。毎日夢の中をふわふわ漂っているみたいな気がする。それが〈ねんきん〉が見せてくれる幻覚なのだとしても、すこしも構わない。ずっとこの幻の中で生きていたい。

ゆうべ、戸棚の奥の農薬をそっと捨てた。

日壇公園

ひゅんひゅんと音を立てて走り抜けていく自動車の列を凝視しながら、またばかなことをしてしまったと思っていた。

北京のこの交差点の信号がどういう順序で変わるのかよくわからず、青信号の残り何秒の数字を見て渡るのを止めて、九十度方向を変えてそちらから渡ろうと携帯電話を見ていたら横にいた人が渡り始めたので青になったのだと慌てて踏み出したのだが、なにか間違えていた。間違えた。

左折とか右折とか違ったのかもしれないし、方向が違うと青信号の長さが違ったのかもしれないし（しかし、最初に渡ろうとした横断歩道のほうがずっと距離が短かった）、携帯電話を見ていた時間が長すぎたのかもしれない。ともかくも、大通りの真ん中で取り残された。

片側四車線の幹線道路は、中央分離帯がないに等しく、並ぶポールにネットがかかっているだけだった。フェンスでもない、ネット。そのいちばん端に立って、動かないようにしていた。

車はスピードを落とすことなく、いくらでも走ってくる。こっち向きもあっち向きも。メルセデス、アウディ、BMW、アウディ、BMW、この街の人はドイツの車が好きなようだ。制限速度は何キロだろう。少しでも動けば、車の流れに吸い込まれて、一瞬で跳ね飛ばされそうだった。ドイツの車、観光バス、観光バス。大型トラックがすれすれに通ってその気流でわたしの髪が逆立った。

わたしは、端っこのポールにくっついて片腕を巻き付け、ポールのふりをした。自分はポールだ、と自分に言い聞かせた。赤信号の残り時間はまだ九十秒もある。自分が人間だと思い出してしまったら、わたしは自分の意志で体を動かすことができることになるので、道路に飛び出すことができて、車にはねられるから。

すれ違う車の巻き起こす風で、わたしのコートの裾がはためき続けていた。わたしは日本人だとひと目でわかるだろうか。そもそも、人間だと気づかれないほうがいい。ポールだと思われたほうがいい。

北京に来たのは三年連続三回目で、滞在日数は延べ十日ほどになるが、どの日も白灰色の曇天で、晴れた日は一度もない。心配していたスモッグはそうでもなかったが、雲の隙間から空を見たこともない。晴れることのない街なのかもしれない。

わたしは、泊まっているホテルの部屋から見えた大きな公園へ行こうとしていた。泊まっていたホテルの部屋は、振り向くと見える。ガラス張りで天辺が三角形の高層ビル。二十三階だから、上から二段目の右からたぶん三列目。とても高いところにある。白灰色の曇り空の下でガラスは曇り空を映している。

車には轢かれなかった。

日壇公園の入口は、立派な門だった。左右の端が反り返った瓦屋根に、朱塗りの柱の建物がある。その手前には自転車や電動バイクがぎっしり並んでいて、大使館や巨大なオフィスビルに囲まれたこのあたりにも人がちゃんと住んでいるのだと安堵する。真ん中に金色の鳳凰のプレートがついた柵状の門扉は閉まっていて、脇の通用門から人が出入りしていた。おばあちゃんに連れられた小さな孫が、つんのめりそうに駆け込んでいった。

遠くからでも聞こえていたのは、入ってすぐの案内板の前でダンスのレッスンをしているグループの音楽だった。赤や青のジャージを着た五人ほどが、前に立つ講師らしい女の人の動きに合わせて、膝を高く上げてリズミカルにステップを踏んでいる。音楽は、中国風アレンジの歌謡ポップスという感じで、軽快なリズムに女の人の伸びのいい声が乗っている。

離れて眺めるわたしの横で、黒地に白いラインが入ったジャージの上下を着てサングラスをかけた男が、膝を上げている。レッスンの人たちの動きに合わせて、自分もそれを習得しようとしていた。少々肉がついた胴回りを揺らし、曲に合わせてポーズを取っている。あなたと同じくわたしも学びたいのです、と話しかけてみたいが、ここで話されている言葉をわたしはわからないし、日本にいて日本語でも話しかけることはわたしには難しい。その向こうには、赤いジャージを着たもっと高齢の女たちのグループが、太極拳をしていた。こちらはいかにも太極拳という音楽で、負けずに大音量なので二つの曲が混ざって奇妙なリズムに聞こえる。さらに鳥の鳴き声。甲高いぴーっぴーっという声が、高い木々のてっぺんあたりから降ってくる。

真ん中を貫く幅広い道ではなく、木立の間の遊歩道へ進んだ。新緑の黄緑色は蛍光塗料のように光っていて、曇天の下で森の中はぼんやりと明るい。薄緑色の淡い光につつまれて、体が浮き上がるような心地になる。

木立を抜けると、池があった。

新宿御苑の中国庭園を連想するのは、池にせり出したお堂の瓦屋根の反りかたのせいだと思う。緑色に濁った池には、大きな円筒が三つ浮かんでいた。カラフルな透明ビニール製の、中に入って転がる遊具。今は誰もいない。近くの小屋の案内板を見ると、筒は十分で二十元。魚釣りは一時間で四十元、竿の保証金が五十元。耳ではまったくわからない言葉が、文字だとこんなにも理解できる。なんの魚がいるのかは近づいても見えなかった。今は誰もいない。

発光している木立に再び入っていくと、その中に懸垂や腹筋運動ができる遊具が並ぶ小さな広場があった。主に中高年の男性で遊具はどれも埋まっていて、順番待ちをしている人もいた。日本でも河川敷の公園なんかでよくある形の遊具だが、こんなに賑わっているのは見たことがなかった。

「日壇公園」の「壇」は、中国語簡体字だと土へんに「云」と書くので、文字の見た目にひっぱられてつい「にちでんこうえん」と読んでしまう。日本で検索しているときに、あー、壇ね、と思ったのに、忘れてしまって、しかし読み方を忘れるとスマートフォンでは土へんに云の字を入力できず、地図上の文字をコピペして調べてやっと、せやせや「日壇公園」やった、と思い出した。その「日壇」は公園の真ん中にある、祭祀用の大きな円形舞台で、今は改修工事中だから入れずにフェンスの隙間から覗いて見た。

その先の森の中にも太極拳のグループがいて、中国ではおばあちゃんは真っ赤とかマゼンタとか鮮やかな服を着てはるなあと思って、アーチ型の石門があって、その前の広場では大人数のグループが踊っていた。

約十人×三列に整然と並んだ人たちと、前に女性の講師が二人。全員、手には深紅に金の縁取りがついた布を持っていて、遠くから見ると扇子かポンポンに見える。中国風メロディの男女デュエットの歌謡曲に合わせ腕も体も大きく伸ばすのが気持ちよさそうで加わりたいが、わたしはやはり離れたところから動画を二十六秒撮るだけだ。木と木の間に張られた横断幕には「舞」「健身倶楽部」の漢字が読め、こういうのは正式なレッスン（つまり料金が必要）なのか同好会的な集まりなのやろうか。その隣には、大学生っぽい男女のグループがいる。白いTシャツに赤いジャージ、白いキャップで揃えていて、入口で見かけたダンスに似た、膝を高く上げてその場でステップを踏み続ける動きをしている。三×四人の隊列が同じリズムで動きながら少しずつ回転していく。音楽は、たぶん洋楽のヒップホップらしいが、「健身倶楽部」の歌謡曲に音量が負けていて、よく聞き取れない。

手前のまだ新芽が出ていない木立の間には、社交ダンスのグループ。四十代から七十代くらいの男女がペアになって、くるくる回っている。流れる音楽は、くーにゃんくにゃんー、と繰り返していて、たぶん男性が「姑娘」に呼びかける歌だった。

牡丹園があり、藤棚があり、桃園があり、どこも満開だった。赤とピンクと紫と白と赤だった。赤やピンクは日本で見かける花よりも深く濃く渋い色で、わたしの好みだった。紫は薄かった。牡丹園でも藤棚でも、女の人たちが自撮りをしていた。角度を変えて何枚も撮っていた。紫色の花びらが長く垂れ下がる下で、ベンチに上ってなんとか自分の顔と藤が画面に収まるようにがんばっている女は、写真を撮っているのではなくて携帯電話の向こうの人と通話をしていた。

「藤って、左巻きと右巻きがあるって知ってた？」

「それ、なんか意味あるの」

電話の向こうにいるのは、女の娘のようだ。娘は、その子供に勉強をするように小言を言っているところだった。

実はわたしは、音が聞こえいない距離にいる人の会話を知る能力がある。

発現したのは小学校に上がる直前に、難波の虹の街という地下街の虹色にライトアップされた噴水をじっと見つめていたときで、水音にかき消されていた通り過ぎる人たちの話す言葉が突然文字になって見えるようになったのだ。その能力を得たことは、小説を書くことにおそらく影響している。

今は文字にはならなくて、音と文字のあいだのような空気の揺らぎみたいなもの、人に説明するのは難しいが、声が「見える」とわたしは感じる。しかも、外国語でもこの能力は使えるらしい。

「ちゃんと買い物してきてよ」

「わかってるよ。あんたも子供にきついことばっかり言ってないで、たまには散歩でもしたほうがいいよ」

「もう仕事に出る時間なの」

「今日じゃないよ」

女は電話を切ると、藤の下でまたポーズを取り始めた。老夫婦が歩いてきて、近くのベンチに腰を下ろした。

水曜日の午前十時過ぎ。

公園を楽しんでいる人たちは、退職後で時間がある人たちだろうか。それとも、休日や仕事が昼からで、短い時間にダンスや太極拳で体を動かしているのだろうか。

わたしは彼らがどんな生活をしているのかなにも知らないし、ここにいない人のことはもっとなにも知らない。

知らないことはよくわかっているが、中国にいると、わたしは自分が十代のころを考えてしまう。正確には、十代のころにわたしが生きていた日本のことを、思い出してしまう。時代背景も文化も違う。同じものに見えても、意味も役割も違うかもしれない。ただここに来て見る表面が、三十年前に見た日本の表面と似ているところがあって、そのことについて考えずにはいられない。

期待していたのと違う方向に進んだことは多くて、一方で現実に三十年経ってよくなったところもたくさんあって、これからよくなっていくことだって確実にあるが、それでも、あのとき思っていた何十年後かの世の中と、現在と、それから、あり得たかもしれない今について、考えてしまう。つまりそれは、なにかを失ったと感じているということだ。

時計を確かめ、表示板の矢印を確かめ、わたしは入ってきた門のほうへ歩き始めた。ここにいたのは、ほんの三十分くらいのことだった。広大な公園には、歩道にも木立の中にもどこにもごみ一つ落ちていなかった。木々も芝生も手入れが完璧に行き届いて、それがどういう仕組みで維持されているのか、わたしは知らない。ここは北京で、首都で、その真ん中で、それ以外の場所をわたしは見てもいない。ホテルとシンポジウム会場や観光地を往復する車から降りて歩くことさえしていない。一人で外を出歩くのは、三度目の中国の最終日にして初めてのことだ。

水墨画によく描かれる形の、切り立った山を岩で表現した庭園に出た。大きな池があって、その真ん中にあるお堂はさっき見たのよりもずっと立派だった。そして十人ほどの老人たちがそこで歌を歌っていた。薄緑色の水面に、お堂と彼らの姿が映り、そばでは柳が揺れていた。わたしは立ち止まって、一曲が終わるまでそれを見ていた。

水際の岩に、制服を着た警備員が二人、腰掛けていた。

「そりゃあ電話しないとだめだろ」

「そうかなあ」

「決まってるよ。電話でもなんでも、ちゃんと言わないと」

「おれだってわかってるけど」

彼らは気づいていなかったが、わたしの顔はにやけていた。それが恋に関する会話だったから。

電話しないとだめだと言った男は、立ち上がって持ち場に戻っていった。電話しないとだめだとおれだってわかってると答えた男は、しばらく手の中の携帯電話を見つめていたが、そのうちに電話をかけた。

「今、休憩中なんだよ」

「その歌はなに？　テレビ？」

「なんか合唱の練習してるんだよ。毎日いる」

「ふーん」

「さぼってないって。もうすぐ持ち場に戻るよ。あのさ……」

わたしが聞いていると感づいたのだろう。彼はこちらに背を向けて、水際を歩いて行った。わたしはにやけた顔のまま、森の中の遊歩道へ入っていった。


門を出て、門の写真を撮った。撮った画像を確かめると、大きさも新緑のぼんやり明るい感じも全然写っていなかった。

すぐ前の通りは静かで車も全然通らなかったが、信号が赤だったので待った。通りを渡ると、ポーランド大使館、スロバキア大使館、チェコ大使館と並ぶ。その向かいには、コロンビア、スリランカ、シンガポール、キューバ。それぞれの角や入口付近は金網で囲われ、緑色の制服を着た警備の若い男が微動だにせず立っている。

隣で同じく信号待ちをしている人が、膝を高く上げてステップを踏んでいることに気づいた。視線を向けると、黒地に白いジャージ、サングラスの男。最初に案内板の近くでダンスのレッスンを見て練習していた人だった。彼は、確かめるように小さく数字を呟きながら、正確に、脚の動きを繰り返した。
彼はついに習得したのだ、とわたしは知った。

リモナイア

傾き始めたばかりだと思っていた秋の陽はいつの間にか山の端《は》にかかっていた。空の青は濃さを増して藍色に近づき、そこに朱と黄金を流したような夕焼け。

まえに勢宇《せう》がぽつりと言った、「母が子どもの頃に住んでいた家には檸檬《れもん》の木があって、毎年何十個も実がなったんだって」という言葉が妙に耳に残っていて、わたしは勢宇の新居を訪ねるのにワインとサワー種《だね》のパンのほかに、檸檬の鉢植えを携えていた。まちから離れて山のほうに入った高台にある小さなガルバリウム鋼板屋根の平屋は、庭先から遠くに河と線路と橋が見えた。日当たりが良さそうだったので檸檬もよく育つのではと思ったのだ。なんなら檸檬温室《リモナイア》をこしらえてもいい。

建物の前は砂利を敷いただけの駐車用の広場で庭らしい花壇や洒落た植栽はなかった。後ろは椽《くぬぎ》や松が混ざった雑木の林で、姿は見せないが野生の小動物もいると聞いていた。姿を見せないのにいるのはわかるんだ？　鳴き声？　と聞くと、勢宇は「なんとなく」と答えた。一番近い家とは隣家と呼べないほど離れている。

もともと週末を過ごすための別荘として建てられ、通うのが面倒くさくなって手放したものだそうで家賃は安い。煉瓦をドーム型に積んだ小ぶりな手作りの窯もある。何度かはパンやピザを焼いて楽しい一時を過ごしたりしたのだろう。

車を広場に乗り入れて止めた。歩きながら、檸檬の鉢植えに勢宇は驚くか、もしかしたら喜んでくれるだろうと考えていた。軒先には銀色のカバーが掛かったオートバイ。

インターフォンを鳴らす前に「ようこそ」とドアを開けて迎えてくれた勢宇は、ワインとパンの紙袋を受け取りながら、白いビニル袋に入った檸檬の鉢も受け取ろうとして怪訝な顔を向けた。

「……なんで檸檬?」

思いがけない反応に、「ほら、お母さんが子どもの頃に、檸檬の木のある家に住んでいたって言っていたから……」しどろもどろに言い訳をした。

「それは話したかも知れないけど、檸檬の木が欲しいって言ったことある?」

言われて思い返したが、おそらく、ない。

「じつは檸檬というか、檸檬の木が苦手……言ってなかったけど」

「ごめん、知らなかった。これは持って帰る……」

想像もしなかった。生牡蠣に檸檬を絞る勢宇のペンだこのある指先と、「いろいろ試したけど、畢竟《ひっきょう》牡蠣には檸檬だよね」と言ったことは覚えているが、檸檬の木が欲しいとはほのめかされたこともなかった。そういえば。

「いいってことよ。それに鉢植えでしょ。だったら問題ない。摘みたての檸檬でレモネードを作ったら、さぞかし爽やかだろうねえ」

勢宇はわたしを励ますように明るく言った。それは本心に聞こえたし、暑い日に酸っぱくて冷たいレモネードを飲んだら気分が良さそうだ。何年先になるかはわからないが。そもそも実が収穫されるのは秋から冬だから、飲むならきっとホットレモネードだ。

「いきなり変なこと言ってごめん」

勢宇はわたしの頬に頬を寄せた。微かにバニラと麝香《じゃこう》の混じり合った香りが漂った。

「ワインありがとう。今日の魚は鯛の昆布締め、羊も焼いているところ」

「チリのソーヴィニヨン・ブランを持ってきたから合うと思う。それと赤も……どこかの」

「オッケー」

勢宇は台所に姿を消し、わたしは檸檬の鉢を玄関のタイルの上に置くと靴を脱いで家に上がった。

鉢植えに一個だけ付いていた黄色い檸檬の実を摘み、ズボンのポケットに入れた。あとで何かに絞ってもいいように。

ダイニングのペンダントライトは赤みのある優しい光で、勢宇が引っ越しを機に手に入れた一枚板の食卓を照らしていた。

食卓には一輪のガーベラが飾られていた。わたしはワインを開ける。白のほうはスクリューキャップなので簡単に開く。ワインはそのままにして洗面所で手を洗ってから台所に行き、パンを薄く切り分ける。小皿にオリーブオイルを注いで食卓へ持っていって椅子に座ると、ほどなく勢宇がサラダボウルと鯛の白い切り身の皿をトレイに載せて持ってくる。サラダと魚を置くと勢宇も席に着く。わたしはステムのない、厚手の吹きグラスにワインを少量注いだ。勢宇は早速グラスを持ち上げ、その香りを楽しむ。わたしは形ばかりのテイスティングをしてから、グラスにたっぷりワインを注ぎ足す。

どちらからともなくグラスを持ち上げて、「乾杯」と言い交わし、ワインを一口飲む。酸味のある冷たさが喉を下りていく。

勢宇がサラダボウルのシーザーサラダをサラダスプーンでざっくり混ぜ合わせ、夕食が始まる。

「檸檬の木があったんだって、母の家に」

白ワインがあらかた空いた頃に、勢宇が話し出した。オーブンの肉はまだ焼き上がらないが、赤ワインのコルク栓を抜きながら耳を傾けた。

その檸檬の木を植えたのは、祖父の最初の妻で、その人はある日ふらりと家を出て二度と戻って来なかったそうだ。祖父の二番目の妻、つまり祖母は堅実で合理的な人だったので、先妻の檸檬を根こじることはなかった。「昔の船乗りは、壊血病の予防に檸檬をどっさり摘んで航海に出た」と言って、収穫した檸檬で砂糖漬けやレモネードを作り、焼き魚やハンバーグにも檸檬を絞ったし、悪阻のときも薄切りした檸檬を舌にのせてしのいだそうだ。母も庭に檸檬の木があるのが当たり前で、なんの不都合もなかった。初夏に咲く檸檬の花の香りも好きだった。

あるとき、まだ幼かった母が変な夢を見た。家の座敷にいる母の前に人の腕が浮いていて、ゆらゆら揺れている。手首に華奢な腕時計をした女の左腕。その腕の指が庭のほうを指すので母が障子を開けて縁側のガラス戸越しに庭を見る……

目が覚めても怖いような落ち着かない感じが残っていて胸が重苦しい。隣で眠っている祖母を起こして、「女の人の腕が庭を指さしていた」と言ううちに涙がこぼれてくる。泣き声を聞きつけた祖父が「もう寝ろ」と言い、「てのひらに黒子《ほくろ》があった」と言い募ると、「いいから寝ろ」と声が厳しい。しかし祖母が「おっかない夢を見たんだね……」とすぐに自分の布団の中に入れてくれたので、母は安心して再び眠りに落ちた。

数日して祖父が庭の檸檬の根元を掘ると、人のものと思しき骨が出て来た。警察に知らせた結果、大きく掘り返すことになったが、ヒトの女性の骨なのは確かだが古い骨で、少なくとも出奔した祖母のものではなかった……。

「祖父も子どもの頃に、女の腕を夢に見たことがあって、その女のてのひらにも黒子があったんだって」

勢宇がそう付け足すと、合いの手のように台所でベルが鳴った。セットしていたオーブンのタイマーが切れたらしい。

「炭を買って来て、庭の窯で焼いたらよかったかな」

カーテンが閉まっていて見えないが、ピザ窯があるほうの窓に顔を向けて言うと、

「だめ」

と勢宇は思いがけず強く否定した。勢宇は慌てて、「ごめん、何焼いたかわからないからなんとなくいやな感じがして」と言い訳し、立ち上がって台所へ行くと、ローズマリーの枝が刺さった羊

肉の塊が載った耐熱皿をオーブンミトンをはめた両手で持って戻って来た。食卓にじかに載せようとしたので、慌ててマジョリカタイルの鍋敷きを差し出す。

勢宇が「さんきゅ」と呟きながら皿を置き、ミトンを外して立ったままフォークを刺し、ナイフで肉を切り始める。節の高い、指先の細いすんなりした指だ。肉の端の焦げてカリカリしているところを指でつまんでわたしのほうへ寄越したが、端っこが好きなのは勢宇のほうなので「食べていいよ」と譲る。勢宇は肉片をくわえて満足そうに口角を上げると、肉を切り続ける——と見せかけてわたしに顔を寄せてくる。勢宇のくわえた肉を猛禽の雛のように受け取る。

「餌付け」

可笑しそうに勢宇が笑う。

「刃物を持っているときは、ふざけない」

危ないので一応は注意をするが、なんだか面倒くさくなったので、立ち上がって勢宇を後ろから抱きしめる。勢宇のほうが少し背が高いが、筋肉トレーニングを欠かさないのでわたしのほうが腕と肩、胸の筋肉は大きい。

硬さの残るリネンのシャツ越しに、勢宇の背中と腕の筋肉の弾力と熱を感じる。右手のナイフをそっと指から離し、優しく奪い、テーブルの端に置く。首筋に鼻を寄せると若い牡の匂いがした。

わたしは耳元で囁いた。

「……おまえ、勢宇をどうした」

「……勢宇は僕だよ」

勢宇を名乗る男はそう言うが、この男が勢宇でないことはわかりきっていた。根拠はいくつか積み重なったが、決め手は匂いだ。至近距離で嗅いで確信した。勢宇は香りを纏わないが、今日は微かにSAMOURAIの香りがし、それはわたしがいつも付けているものだ。勢宇も一つ持っているが使うことはない。

「勢宇をどうした。成り代われると思ったのか」

男の指を摑んで甲のほうにひねる。信じられない柔らかさで指が反る。ダメージにはならないことを察知し、すぐさま両手首を摑んで背後で交差する。片手で手首を押さえたままもう片方の手で男の頭をテーブルに押し付ける。

「勢宇をどこにやった」

「なんのことかわかんない、痛いよ、はなして」

「もしさ、勢宇を生かしてないなら」頭を巡らせて道具を探す。「おまえも生かしておけない」

出窓に無造作に置かれていたダクトテープの近くまで男を引き摺って行き、床に俯せに倒して足首、膝、手首をテープでぐるぐる巻きにする。

「ひどいよぉ」

泣きそうな声を上げてみせるが、無視をする。

「正直に言わないと、こうだ」

わたしはポケットから檸檬を取りだし、男の鼻先で皮に爪を立てる。微細な香気が男の鼻腔に吸い込まれ、男が激しく苦しみ悶えだした。

「やめろ！　やめろ！」

「白状しろ。勢宇が無事なら命だけは助けてやる」

檸檬の汁で濡れた指で男の瞼に触れると、ギャンと鳴いて体をよじらせる。

「窯……」

男が苦しい息の間から漏らしたのを聞くと、玄関に向かった。靴箱の上に置いてあるマグライトを掴むと外に出た。靴をつっかけながら煉瓦の窯のあったほうに向かう。大きさからいっても大人を一人隠しておくのは無理だが、頭だけなら……おそるおそる窯口を覗きこむ。黒い塊があるような気がして恐ろしかったがそこには何もなく、悪い想像は現実にならなかった。

ピザ窯から僅かに離れたところに、自然に吹き寄せたにしては大きな、落ち葉や枯れ枝の山があった。マグライトの光に靴下をはいた両足が照らされてぎょっとすると同時に、反射的にしゃがみ込んで枝を取り除けて、チェックのネルのパジャマを着た勢宇を掘り出した。鼻先に耳を寄せると浅い呼吸があり、指で首を触ると脈も打っていたし温もりもある。

安堵の息が大きく漏れた。それとほぼ時を同じくして遠くで窓が乱暴に開けられる音がしたかと思うと、なにかが勢いよく裏の雑木林に飛び込む音がした。

「勢宇、起きろ」

檸檬の皮を触った指を鼻の下に近付けてみる。それが効いたのか勢宇が顔を歪めながらうっすらと目を開け、ライトが眩しくて顔をしかめる。「こんなところで寝ていると風邪引くぞ」と声を掛けた。起き上がる素振りがあったので腕を摑んで立ち上がらせる。

勢宇に肩を貸して歩きながら家に近づくと、夜空を滑空していく晩鳥《ばんどり》の影が見えた。晩鳥は子どもの頃に年寄りが使っていた言葉で、夜に飛ぶ鳥のことをいう。むささびやももんがも含めるが、鳥にしろ獣にしろ、かつて見たことのないほど大きな影だった。

晩鳥のことを頭から払って家の中に入ると、男を縛《いまし》めていたダクトテープが床に残っていた。千切られて獣毛だらけで、猛獣の檻のような臭いと檸檬の芳香が混ざり合っている。

勢宇は風呂場でシャワーを浴びてさっぱりとして戻って来た。パジャマではなく普段着のデニムと灰色のフーディーに着替えている。わたしはカモミールティーのカップを手渡した。

「パイにされそうになって助かったピーターラビットの気分だ」

と言いながら勢宇はぬるくなったハーブティーを飲み干した。

「ものすごく眠った感じ。テント泊で寝過ぎたみたいに背中が痛い。お腹すいた」

人心地がついて頭が働くようになった勢宇が話し出す。睫毛の影が血色が戻った頬に落ちる。わたしよりは若いが歳は三十に近い勢宇が幼く見えた。魚は食べてしまい、肉もサラダもパンも捨てたので食卓には赤ワインくらいしかない。冷蔵庫には何かあるかも知れないが期待出来ない。勢宇はカップ麺にお湯を注ぐ、グラノーラに牛乳をかける以上の料理はしないし出来ない。パンにスプレッドを塗ることも料理に入るのならそれもやるが。昆布締めも羊肉も、一緒に料理をして食べようと思ってわたしが準備し、冷蔵庫で保存させていた。

ワインを飲んでしまったので車で出かけるわけにもいかないし、勢宇に運転させるのも気が引ける。わたしは勢宇に尋ねた。

「ピザか寿司、どっちがいい？」

「ピザ」

ためらいのない勢宇の答えを聞きながら、わたしはスマートフォンのピザ屋のアイコンに触れた。

「パイナップルをトッピングして」

わたしは無意識に眉をひそめたらしく、「またそんな顔する」と勢宇に指摘された。勢宇は酢豚のパイナップルも好きなのだ。

お迎え

お迎えの時間になっても、男の子のお迎えはなかなかこなかった。

「じろうくん。」

砂江はるえ先生が、男の子に声をかけた。

「なるみちゃんと、先生と、たたみのお部屋で待っていよう。」

まだお迎えがこないのは、男の子と、もう一人の女の子だけになっていた。砂江はるえ先生は、その二人を組ごとの保育室とはべつに設けられた畳敷きの乳児室へとうながした。各保育室は、明日からの週末に床のワックス掛けをすることになっていた。これからほかの先生たちが、その準備をはじめなければならなかった。

「紙芝居をしましょうか。」

それとも、あやとり？　ブロック遊びでもいいよ？　砂江はるえ先生は、二人を乳児室へ連れてくると、幾つか提案をし、子どもの顔を見比べた。二人ともさしたる反応は見せなかった。紙芝居でなくても、何か絵本を読みきかせるだけでもよかった。けれども、砂江はるえ先生は、その部屋に置いてあった立派な木枠の装置を使って、お迎えを待ちわびる最後の二人になってしまった子どもたちを、少しでも励まし、楽しませてあげたい、という気持ちになっていた。

「よし。それじゃあ、紙芝居をしようね。何のおはなしがいいかな？」

二人の顔を見ながら言ったが、どちらからも、とくに要望らしいものは出てこなかった。

「じゃあ……、先生が選んでいい？　じゃあね……、そうだなあ……、『くまべえと　からすどんの　ちえくらべ』はどう？　いいかな？」

砂江はるえ先生は、二人の反応をうかがった。金太郎や人魚姫などの紙芝居もあったが、そうしたよく知られた話ではないものを選ぼうとすると、選択肢は限られていた。さしあたりその場にあるわずかなうちからそれを選んだ結果、どちらの子も、さしてよろこぶでもなく、いやがるふうでもなかった。男の子は、無言で一度畳に腹這いになり、すぐにまた起き上がって、座り直した。女の子は、首を左右交互に何度か深く傾げて、口を噤んだまま、砂江はるえ先生の目をじっと見つめた。

「ん？　なあに？」

女の子は、何か言いたそうにもしていたが、何を言うでもなかった。砂江はるえ先生は、一人で頷いて、とにかくその紙芝居をはじめることにした。

砂江はるえ先生が準備をしているあいだ、男の子は、ふたたび床に腹這いになり、畳の上で泳ぐような格好をして、両手両足を動かして待った。女の子は、両脚を閉じてまっすぐ前へ伸ばして座り、自然と顎を突き出すようにして、ぼんやりした目で砂江はるえ先生の手元のあたりを眺めていた。

「それでは、はじまりはじまり――。

むかーし　むかし、あるところに、くまべえ　という、おおきな　おおきな　くまが　いました。

くまべえは、きや　くさの　おいしげった　ふかいやまの　あなぐらに、たったひとりで　すんでいました。

あるひ、くまべえは、おなかが　すいたので、たべるものを　さがしに、のっそり　のっそり、すみかを　でました。

『なにか　おいしいものは　ないかなあ。』

くまべえは、はらぺこで、あしもとを　ふらふらさせながら、やまみちを　あるきました。……」

男の子は、この紙芝居を見るのは、はじめてだった。紙芝居がはじまってすぐ、何か言葉にはならないが、ちぐはぐなような、うっすらとした不快なものを感じだした。男の子は、この紙芝居に出てくる熊が、あまりすきではなかった。はっきりとそう意識しているわけではなかったが、なんとなく、あまりすきではない、という感じがした。かすかにどこか、こわいような感じもあった。

女の子は、これを見るのははじめてではなかった。紙芝居がはじまってから、そのことに気がついた。男の子より、ひとつ年長の組だった。彼女は、砂江はるえ先生の語りに耳を傾けながら、紙芝居をじっと見つめ、熊の棲む家が、とても小さい、と思った。熊のからだは大きいのに、あんなに小さい穴のなかに、どうやって入るのだろう。あんなところで、あんなに大きな熊が、どうやって暮らすのだろう、とても狭いだろう、と。前に見たときも同じところでそう思ったことを思い出した。

それは、熊と鳥の話だった。ある日、食べものをさがしに棲み家を出た熊は、ようやく見つけた木の実や獲物を、鳥にだまされ横取りされて、お腹を空かせて棲み家へ帰る。そこで、山の知者である梟に相談すると、知恵と助言を授けられ、鳥に仕返しと、取られた食料の取り返しを試みるが……といった話だった。

話が進んでいくうち、二人の子らはいずれも、ともするとほかごとに気を取られそうになりながらも、おおむね真剣にきき、見入った。内容については、さほど惹かれるわけではないものの、身体は絶えず紙芝居のほうを向き、何となしに理解はできる、といった具合だった。

「……ふくろうは、ないているくまに、うたうように　いいました。

『ぽぽろん　ぽぽろん　ぽう、ぽう、ぽう。

くまべえ、そんなに、なくでない。ないていては、わからない。なみだをふいて、わけを　おっしゃい。』

くまべえは、なきがおをあげて、ふくろうに、ことのしだいを　はなしました。」

「コトヌシダ」

男の子は、そうつぶやいて、それは何だろう、と思った。きいたことのない言葉であり、何のことか、意味がわからなかった。

「うん、じろうくん。こ・と・の、し・だ・い、ね。こんなことがありましたよ〜、こういうわけだったんですよ〜、ってね、くまべえが、ふくろうさんに、おはなしをしたの。ね、わかる？」

男の子は、わかったのか、わからないのか、どちらなのか傍からはわからないような顔をして、頷きはせず、黙っていた。砂江はるえ先生は、ともかく次の一枚へ進もうと、紙芝居の端に指をかけた。

「からすにとられたんだよっ。」

女の子が、その絵がめくられて、次の一枚があらわれてしまう前に急いで指摘しようと、絵を指さして言った。

「あっ、そうだよね〜。なるみちゃん、よくきいてるね〜。」

砂江はるえ先生が、女の子のほうへ身をのり出すようにしながら、彼女の言葉を受け取り、大きく頷いて見せた。でもいまはだまってしずかにきこうね〜、という言葉は、喉まで出かかったが、飲み込んだ。それから、ゆっくりと一枚めくった。

「『そうか、それは　けしからぬからすどんじゃ。しょうしょう、こらしめて　やらぬとな。』

ふくろうは、くまべえに　そういって、さらに、かたりかけました。

『くまべえ、わたしに、よいかんがえがある。』

『なんでしょう。』

くまべえは、なみだを　ふきふき、ききました。

『いいか、くまべえ、よおく　きけ。』」

そのとき、部屋の扉に嵌った楕円形の硝子窓越しに、恩名静子先生が、廊下から顔をのぞかせて、ノックした。砂江はるえ先生が、語りを中断してそちらに目を向け返事をするのと同時に、引き戸の扉があけられた。恩名静子先生が、あいた扉の隙間から部屋へ首だけ差し入れて、眼鏡のレンズ越しに大きく見ひらいた目で、すばやく視線を女の子に据えて言った。

「なるみちゃん。お母さん、お迎えにいらっしゃったわよ。」

女の子は、その言葉がすべて言い終えられないうちに立ち上がり、戸口のほうへ駆け出していった。

戸口に走ってきた女の子を、両手をひろげて一旦受け止め、恩名静子先生は、彼女の小さな両肩をそっとつかみ、諭すように呼びかけた。

「砂江先生とじろうくんに、さようなら、は？」

女の子は、急いでさっと振り返り、砂江はるえ先生と男の子に短く挨拶をした。

「さようならっ。」

「なるみちゃん、さようなら。気をつけてね。」

砂江はるえ先生が女の子にそう挨拶を返したときには、女の子はすでに乳児室から立ち去り、廊下を走って、昇降口へと向かっていた。

恩名静子先生も、扉を閉めて、女の子のあとを追った。

乳児室には、男の子と砂江はるえ先生だけが残った。

二人は紙芝居に戻った。

「ぼく、うちゅうからおむかえがくるんだよ。」

「へえ、そうなの？　おとうさん、うちゅうからお迎えにきてくださるの？」

紙芝居を再開しかけた砂江はるえ先生にそう訊かれて、男の子は、首を大きく横に振り、上半身をくるっとひねって、天井へ顔を向けた。

「ねえ、じろうくん、うちゅうって、なあに？　どういうところ？　先生におしえて。どこにあるの？」

男の子は、のけぞるようにして天井を凝視したまま、腕を高く伸ばして頭上を指さし、「あっち！」と叫んだ。それからその指先を、園庭に面した窓の外へと急に向けて、目標が定まらぬように、ゆらゆらと曖昧に動かした。

「どうしたの、じろうくん。そんな大きな声を出して。先生びっくりした。そんな声出さなくても先生きこえるし、じろうくん、のどがいたくなるよ。……え？　いたくないの。へーえ、あ、そうなんだあ。だけど、じろうくん、うちゅうなんて、そんなことよく知ってるんだねえ。すごいなあ。誰におしえてもらったのかなあ……。――じゃあ、つづきを読むよ――」

鳥がふたたび熊の食料をかすめ取り、自らの子どもたちが待つ山の寝ぐらへと持ち帰ろうとしたとき、恩名静子先生の顔が、また扉の窓からのぞいた。

「じゃあね、じろうくん。さようなら。」

藍原慈郎は、遠いその日のことを、今はもうまったく覚えていない。

あのときともに過ごした誰もが、そのひとときの、どの場面も、どのひとことも、もう、何も、覚えていなかった。そして、それぞれが、今はどこでどうしているのかも、誰も知らない。

誰の記憶にも残っていないその日のことを、少しも思い出さないまま、藍原慈郎は、いつもより遅くなってしまったことを心中で詫びながら、自転車を漕いで、息子たちを迎えに保育園へと向かって急いだ。

佐和ちゃん、と鯱《しゃち》が呼ぶ。久しぶり。鯱の声は思ったより高い。

モーニング・モーニング・セット

崖上のパーティーは始まる前に終わっていた。主催の崖婦人のミスで、終了時刻が開始より前に設定されていたのだ。おかげで行くところのなくなったぼくたちは、たまたま目の前にあった道を歩いた。道には縦にのびるのと横にのびるのがあって、時には斜めにのびていくのもあった。ぼくたちはもっぱら斜めに進んでいった。行き止まりの道もよく見ればどこかに隙間があって、隙間も体を斜めにして歩いてるうちに道だと思えてくる。歩くと手の甲が両側の塀にこすれるほど薄い道が、沈む月を追いかけるように続いた。今度の行き止まりには家があった。だけど開けっ放しの玄関は道より広かったから、逃れようもなくぼくたちは雪崩れ込んで前進を続けた。家の中の道は、つまり廊下や階段は曲がりくねってぼくたちを上や下へ運んだ。パーティーにあぶれると自分が床に落ちてるピストルだったような気がするよ、と尖った帽子をとうとう脱いで花瓶に突っ込んだ誰かが云った。花瓶からは花が抜かれてかわりに髪を飾るだろう。それから今までずっと歩き続けていたので、ぼくたちはここが家の中だというのを忘れてしまった。その証拠にぼくたちの前にふたたび一軒の家が現れ、それはどこかで見たことのある家だ。

けれどぼくたちは住むところ以外はだいたい失ってた。蟬の声が玄関から入って窓から出ていくのが見えた。蟬の声はよく見れば蟬と同じ飛び方をするのだ。窓の外には雲と、空と、木立がでたらめな順番に並んでいた。それを目で正しく並び替えていると、部屋のドアがノックされた。ドアを開けたら「郵便です」と云ってポストが立っていた。配達員がポストに届けた封書を、ポストが玄関まで届けに来たのだ。夏の太陽にはいろいろと無茶なところがあるねとぼくたちは思う。家の外に一歩出ると、がんがん殴りつけてくるので髪の毛が血のように赤くなってしまう。それからぼくたちは届いた手紙を、テーブルにひろげて読み始めた。そこには滞納してる家賃を今すぐ納めないと処刑するぞ、と合法的な脅迫状の書式で書いてあった。最後まで読まずに誰かがライターで火を点けて窓から手紙を放り投げた。こうすれば読んだことにならないので法律上は処刑されずに済むのだ。庭の草が燃えて夏の真昼の温度を二度上げていた。法律に従えば、大家は店子の心臓から五センチ以上離れたところしか刺せないのである。

歩こうとすると地面がすべって転んでしまうのだ。つるつるでインクをはじいてしまう紙のようだった。そこでぼくたちは水滴のように滑っていくことにした。それなら勝手にどこか行き止まりがあらわれて止まるまで、ぼくたちには考える必要がないから溜まっている手紙を読んだり、返事を書いたりすることに時間を使えた。紙のように面積があってそこから零れ落ちてしまうのかもしれなかった。そのときは次のページが受け止めて続きがあるのだろうとぼくたちは思った。それがもう地面じゃないとしても、落ちた先でぶつかる場所があるなら全体としては本だから、この話の終わりをぼくたちより先に読める人はいなかった。

どこからか電車がやってきてホームとホームの間の線路を埋めていた。そのどれに乗ればいいのか迷おうとしたぼくたちは、迷うのをやめて三番線に停まっている黄色い電車に乗り込んだ。それしかドアを開けている車両がなかったからだ。黄色い電車の中はべつに黄色くはなくて、どちらかというと信号で云えば青や赤に近かった。それは乗っている人たちの服の趣味のせいかもしれない。発車前に人はどんどん増えていって、青い服の人と赤い服の人の距離が縮んだせいで全体としては紫色に見えるようになった。これではもう信号のたとえは無意味になってしまったとぼくたちは思った。ぼくたちもまわりからぎゅっと押し込まれて塊になってしまうところだった。もはや乗客が車両の輪郭に収まっているのか自信がなかった。もしはみ出ていた場合は？　紫色の電車が駅を出ていくことになるだろう。紫が黄色と混ざった場合、それは何色と云うんだろうか。

自分が遠い町の駅なんだと思って、この電車がいつかたどりつく終点なんだと思うと、膝がすーっとする。窓の外を流れるのは白いビルや灰色のビル。うしろから近づいてくる自転車の音が、追い抜いていったほどゆっくりと出発したはずなのに、ビルは川で溺れる人たちみたいに手が届かないし、空の色が変わり続ける。きみには表情がないけど、何を考えてるかわかるのはそのせいだった。受けとめる光で話がつくられていくんだと、ページを開いたときにぼくたちの顔の陰影が、話すようにうごいた。

名前を呼ばれた人には、その名前が返されるのだとわかった。さっきから見ていると、呼ばれた人は名前のほうへ歩いていってそれきりもどってこない。名前がきみを呼んでいるけど、きみにはそれが聞こえていない時間が人生なんだね、と誰かが云った。それは最初からずっと呼ばれ続けていたのに、遠すぎて聞こえなかったか、自分の名前だと気づかなかったせいだと。だからきみは関係ない曲がりくねった道や、途方もなくつながっていく草むらに迷い込んで、まといつく蝶を両手で振り払っているのだ。息をしていると小さな歌をうたってしまう。歌の中にももっと小さな歌があって、そこには点のような息をする自分が見えるから、テレビみたいだ。ぼくたちは鹿の足跡を追って布団に入っていく。

鏡に映ってる庭のほうがずいぶん広々と見える。それはよくあることだった。現実はたいていいみすぼらしくてひどく痩せてふて腐れているからだ。おまけに太陽や月や草花の活気にも鏡のあっちはだいぶ恵まれているみたいだった。ぼくたちはどうせなら広くて恵まれたほうの庭いっぱいにひろがり、この町の輪郭のかたちになってみたいと思った。それは地元へのよくある愛憎のしるしみたいなものだ。それで話し合いの末ひとりずつ壁の鏡への入場をこころみ、額をぶつけてはたんこぶをこさえるはめになった。順番が三周して、つまりみんなが見事な三段のたんこぶを額にこさえていたときぼくはなぜか何の抵抗もなく鏡に吸い込まれた。

ここは県境、誰かの顔にもあるとわかっている県の、短すぎる川、浅すぎる盆地の隅々まで先生が見ていてくれると、日本語が追いついてきて、途中から話せるようになったけど、ドアノブは光るのをやめて先に夜になり、あたたかい布団部屋や、水の出る壁のある部屋を置き去りにしても、自転車と橋はまだ仲よく続いているから、くつしたの穴はきみをそこまでにしている、夜ふけの窓のようにあの場所からうごかない。マネキンの瞳。雲がいらないと思った顔つきで窓を離れて、台所の洗剤を透ってくる出口に、知らない女の子の耳、きくらげの人形、きみが出ていくまでは部屋は県の中にあるのも、土曜日が何度来ても日本語だね、と歯がいたいのは食べ物が顔にとって敵だからで、ならんで椅子が空くのを待ってる子供に、銃を向ける気がするような風が、あの窓の外にひかえている。これって結局モーニング・モーニング・モーニング・セットだと思うんだよね。

お金が全然ないのでお金をもらいに行くことになった。峠のむこうにある小さな穴の奥にお金センターがある。誰でも入りたがる穴だから人があまり来ないように険しい峠のむこうにあるのだ。その峠には歩くとき関節がぎしぎしいう動物や、鼻息が遠くの雷のように聞こえる悪い動物がすんでいた。ぼくたちはそれらに会うたびに適切な対応をした。適切な対応をとればたいていのものは大丈夫なのだ。蛇にそっくりな蜂に襲われたときも噛まれたりせず、ちゃんと針でちくりと刺されて腕が腫れたものだ。峠道はくねくね曲がって酔っ払いが歩くのに適していたので、空になった酒瓶がそこらじゅうに捨てられている。ぼくたちもその瓶の山の頂上を少しだけ高くした。やっと道が下りになったと思ったら手持ちの酒が切れてしまった。このままだと途中で酔いがさめてぼくたちはまっすぐ歩いてしまうだろう。そのせいで道を外れて、お金センターのある穴とまちがえて「手足のないマネキンの口から不真面目な生活への説教が聞こえてくる病気のある穴」に飛び込んでしまうかもしれない。その場合お金のかわりにぼくたちはもれなく手足のないマネキンの口から不真面目な生活への説教が聞こえてくる病気をもらうことになるのだ。

人間の顔のように見える花が、おもちゃ箱に入っていた。子供たちはそれを川べりで摘んできて、川にもどすのでもゴミ箱に放るのでもなく、おもちゃ箱にしまったのだ。それは花が人間のなかでも頭の悪い、不幸になるほかない人間の顔に似ていたからかもしれない。子供は罰をおそれ、罰につながるような罪から逃げ回ろうとする。かれらの頭の上を飛んでいる虫たちは、いつでも告げ口する前に罪の名前をくりかえすものだ。だから子供は虫を殺すか、牢屋に閉じ込めていたぶることになる。好きでそうしているのだと思うのは、もう罰せられなくなった私たちのための物語だ。川はどんな子供の夢のかたわらにも流れているだろう。水の音はそれが聞こえなくなったら、かわりに一台のタクシーをよこすことで、乾いた川底にわだちをつけることもあるのだ。

最初に金がなくなったのはモスグリーンの靴下をはいてることで有名なグリーンだった。朝起きたらなけなしの貯金が蠅になって部屋を飛び回ってた。そうと知らず窓を開けたら蠅は自由を求めて飛び出していき、グリーンは静寂と引き換えに金を失ったのだ。こんなことなら口座に蠅取り紙を垂らしておけばよかったよとグリーンは泣き崩れた。一文無しの泣き声は枯れ草を踏む音に似ていて哀れを誘った。ぼくたちには何もしてやれることがないのはわかってたので、ちょっとだけカーテンをずらして彼の位置からも空が見えるようにしてやった。もちろん曇天で、見ても気が滅入るだけなのはわかっていた。やがてぼくたちはグリーンと同じ世界へやってきた。ここにはお金がわずかしかなく、それを少しずつ切り取って使っていくので店の人にはなかなかお金だと気づいてもらえなかった。だがお金は切り取ってもレンズで拡大すればちゃんと小さなお金になっているのだ。ただし印刷されている人の顔は、本当は老人なのに赤ちゃんに変わっていたりする。それがもう一度老人になるまで待つには、ぼくたちの一生では五百年くらい足りないのだ。

その他の人間はいつもの顔をしていた。きみだけが眠くてたまらないという表情を〈月〉から投影されていたので、もうすぐ眠りにつくのだということがわかった。眠りは唐突にやってくるがそのときは何もかも準備が整っている。本人がすることといえば、瞼を閉じて眠り箱の中によこたわるくらいだった。もちろん瞼を閉じた顔は〈月〉が投影するのできみはそれが届く範囲にいればよかった。具体的には無料マンション内の地球エリアにいればよかった。眠り箱はつねに体にぴったりの大きさに作り直され続けているので、たとえ何十年ぶりに横になるんでも寝心地の心配はいらなかった。きみは前回は五年前に目覚めたような気がしていた。それが何年間の、あるいは何秒間の眠りだったのかさえ知る方法はなかった。眠りの前後では何もかも違うのだからしかたがないのだ。〈月〉は黄色くて丸いこと以外はとくに感想をもたらさない。そういうふうにデザインされて窓の外に浮かんでいた。きみは眠り箱に身をおさめた。〈月〉がかちっと音を立ててきみの顔を寝顔に切り替えた。最後にきみが見た空にはほかに飛行機のライトがあった。それは無人で何の積荷もない飛行機だったが、今回きみが最後に見るのにふさわしいと判断して飛ばされたのだ。判断したのは〈月〉の死角にいるものだ。ここでは、呼び名がない。

小さな椅子は一人のお尻より小さくつくられていた。一人のお尻の大きさにぴったり合わせると、かならず二人座ってしまうからだ。ここはきみだけがいるべき場所なのであわよくばぼくもいられそうに思えてはいけないのだ。ぼくたちの歩いてきた道は今道幅が半分に、そのかわり長さが倍になって外で待っている。ぼくがその道を一人で引き返すことになるだろう。雨が降っているとすればぼくが傘を持っているせいだ。きみは何も悪いことをしていないし、白い歯にうつってる部屋の壁にはコスモスの花の柄があるみたいだ。目をつむると最初からいつもこうして一人だったような気がするよ。雨が叩いているのは、どこまでもひろがる短い草のおもてだけなのだと。さようなら。

夏のどこかにあった葉っぱと海に似てる小さな家に、ぼくたちは住んでみたいと思った。あれはどこにあったんだろう？　長くてゆらゆらして落ち着かない道を、足の裏が地面と何度も入れ替わりながら進んでいくと、川を越えた道が、その家の前で行き止まりになった。それが去年のことだった。ぼくたちは去年はまだ三人だったが、今では十一人になってる。だから部屋が足りないかもしれないな、と誰かが思った。でも家が小さく見えるのは遠いせいかも、とべつな誰かが思った。去年の家はあまりに遠くて途中には雲や雨や星があるから、正確な部屋の数はわからないのだ。だけどもうすぐ今年の夏が来る。もう少しここでじっとしていれば、夏のほうから葉っぱと海に似た家を運んでくるだろう。ぼくたちは引っ越しの準備をして待ち続けた。荷物は全部トラックの荷台に乗せてあった。そのトラックは野原に捨てられ、目玉も舌も抜かれ、爪も剝がされた痛ましいやつだった。ぼくたちも荷物と一緒に荷台にいる。十一人には狭すぎて、花束みたいに見えた。

for Smullyan

可能な文字列というのは過大にすぎてやりきれない思いがするのでとりあえず以下のごとくに、ちいさくはじめることにする。

ここで「可能な文字列」なるものは、

(1)「は印刷可能」
(2)「ではない」
(3)「の対角化」

という三つの文字列を「、」を使って好きにつなげたものとしておく。すなわち、「は印刷可能、ではない」は可能な文字列であるし、「ではない、の対角化、は印刷可能、の対角化」なんていうのも可能な文字列ということになり、「これは文章です」とか「これは黒い文字です」なんていうのは、可能な文字列とは勘定しないということにする。

この三種を連ねるだけということで、はなはだ潤いに欠ける言葉であるには違いないが、寂びというものとでもしておく。

さてここで「可能な文字列、の対角化」なるものは、「可能な文字列、可能な文字列」と同じであるものと定める。どうしてということはない。そう決めたのだ。そう突然言われても困ると思われるので、いくつか例をあげてみる。すなわち、「ではない、の対角化」は、「ではない、ではない」となる。「は印刷可能、の対角化」は「は印刷可能、は印刷可能」ということになる。まあ二度繰り返すだけの話であって、対角化とは大仰な呼び名という気もする。「二倍化」と呼んでもよさそうなのだが、どうも少しニュアンスが異なるのである。「自己適用」ということにしてもよいが、特にわかりやすくなるというわけでもない。スマリヤンはノルムという語をよく使う。ノルムに対してどういう訳語が適切なのか、特に浮かぶものがない。

RMS、レイモンド・メリル・スマリヤンは手品師であり数学者であった人物で、あったというのは、彼は二〇一七年に亡くなったのでしかたなくそういうことにしているのである。今ここで用意しつつある言語は、彼がよく著書の中で取り扱ったパズルを日本語で変奏しようとするもので、彼はこれをゲーデル・パズルと呼んだりしていた。著作には日本語の訳書も多くあるのだが、彼はあまり翻訳者に恵まれたとは言い難く、不幸なことだ。本来はこの稿がRMSのどの著作を元にしているというのを明快にしておくべきかとも思うが、まあ、どれかに、結構色んな本に出てくるので構うまいとも思う。

話は戻って、可能な文字列なるものが用意できたとしても、可能な文字列全てに意味があるとは限らない。デタラメな文字列は可能であっても、意味がなんともわからぬものだ。あるいは意味がわからないので、デタラメと呼ばれるわけである。ここでは「文章」というものを、次の形を持つものに限定する。

(1)「可能な文字列、は印刷可能」
(2)「可能な文字列、は印刷可能、ではない」
(3)「可能な文字列、の対角化、は印刷可能」
(4)「可能な文字列、の対角化、は印刷可能、ではない」

こうした「文章」に対しては、その内容が正しいか否かを考えることができるとする。デタラメなものに対して真偽を考えることは困難である。「可能な文字列、の対角化」などは文章ではないということにしておく。読み捨てられた歌のようなものだ。

文章に対しては、正しい、正しくないを考えることができ、「は印刷可能、は印刷可能」という文章は、「は印刷可能」が印刷可能であるときに正しい。そりゃそうだ。「は印刷可能、は印刷可能、ではない」という文章は、「は印刷可能、は印刷可能」が印刷できないときに正しい。印刷できているときは、正しくないのだ。そりゃそうだ。

といったあたりで準備は終わり。

ここに、

「の対角化、は印刷可能、ではない」という文章がある。これは確かに文章である。「の対角化、は印刷可能、ではない、の対角化」は、「の対角化、は印刷可能、ではない、の対角化、は印刷可能、ではない」ということになる。この文章は、「の対角化、は印刷可能、ではない、の対角化」、「は印刷可能、ではない」ことを主張しているわけだから、「の対角化、は印刷可能、ではない、の対角化」が印刷可能ではないときに正しい。

つまり、

「の対角化、は印刷可能、ではない、の対角化、は印刷可能、ではない」

が正しいならば、「の対角化、は印刷可能、ではない、の対角化」は印刷可能ではない。ところでこの印刷できない、「の対角化、は印刷可能、ではない、の対角化」は「の対角化、は印刷可能、ではない、の対角化、は印刷可能、ではない」と同じであると定めたことを思い出すなら、元々の文章、

「の対角化、は印刷可能、ではない、の対角化、は印刷可能、ではない」

は印刷可能ではないということになる。

まとめると、「の対角化、は印刷可能、ではない、の対角化、は印刷可能、ではない」が正しいとすると、この文章は印刷することができない。正しいのだが、印刷することのできない文章がこ

の可能な文字列の中には存在するということになる。

昨日の肉は今日の豆

半ばずり落ちそうな姿勢でソファに腰掛けた老耄《ろうもう》の宿六《やどろく》は、ティーテーブルの上に両脚を乗せ、三ヶ月も前の日付の新聞に目を落としている。ちなみに、昨今の言語規制基準に照らせば、宿六は立派な差別語だろうと思うのだが、禁止用語リストには載っていないようだ。もはや、死語となり果て忘れ去られ、リスト作成者もこの言葉を知らなかったのかもしれない。対するに愚妻・荊妻があり、これも差別語ではないらしい。もう一つちなみに、随筆家福島慶子氏の名著のタイトルは『うちの宿六』である。

新聞社が倒産したとかで、廃刊になったのが先々月の末だ。リモコンでテレビをつけても、接続がどうとかいう不可解なメッセージがあらわれるだけなので、宿六は見るのをあきらめた。私はもともとろくに見ない。

小匙、紙袋、塗り薬、使い捨てマスク、使い捨て手袋をのせた盆をティーテーブルの上に置き、宿六の前に膝をつく。日課だ。あんたの愚妻は腰と膝が痛いよ。思いっきり顔をしかめてみせるが、宿六は石地蔵だ。

マスクをし手袋を嵌めて、宿六のズボンの裾をまくり上げ、靴下をそっと脱がせる。臭い靴下の中には、踵や甲の豆化《まめか》して自然に剝がれ落ちた欠片が少し溜まっている。床にこぼれないよう、注意深く紙袋に移す。一欠けが大豆ぐらいのほぼ球状。粉状になった骨が溶け混じっているからカルシウムは豊富だ。

ガラス戸は閉めているのに、どうやって気配を察知するのか、毎日同じ時間帯だからか、庭に雀が集まり始めた。

豆化しながらまだ肉にくっついている部分を小匙を使って慎重に摘出し、紙袋に入れる。こぼれ落ちたのに気がつかないでいると、床に根を生やし豆畑になる。毎日の掃除を手抜きしていたので、ソファの下に豆畑がひろがり、取り除くのに苦労した。豆化した部分を無精して肉にくっついたままにしておくと、足が豆畑になる。

新聞とテレビが機能していた頃、突然流行りだした豆化症の予防法、処置のやり方など、さかんに報道されていたのだが、両方とも確認できない今は、これまでのやりかたを続けるほかはない。平素あまり見ないテレビでも、豆化に関する情報だけは気をつけていた。その時点では、完治する手立てはないと、医師や研究者が語っていた。大概の人はスマホとかいう器具で情報を得るからテレビ、新聞がなくても何も困らないそうだが、宿六も私も持っていない。テレビ・新聞情報に拠れば、豆化は老化の一種で、罹患するのはほぼ老人ばかりなのだそうだ。しかし、徐々に、若年層にも発症するものがあらわれてきている。感染力があるからだそうだ。老化現象が感染するというのは、理論が破綻していると思うのだが。

豆化は老化の一現象である。豆化は感染症である。ゆえに老化現象は感染する、ということか？

感染経路は接触だという。感染のもとは老齢者だ。老人をすべて隔離せよ、という声が次第に大きくなっていた。通行人にテレビの人がマイクを突きつけて質問し、隔離賛成者が六十三パーセントという数字をあげたりしていた。今はどうなのか。通達はこないが、玄関から道路までの十数段の石段を宿六も私も下りられないから、半隔離みたいなものだ。

食事は専門業者と契約して、週に一度、一週間分の冷凍食品が届く。

宿六も私も聴覚不全でドアホーンの音が聞こえない。宅配ボックスに入れておいてもらう。配達時間はほぼ決まっている。注文書をボックスに貼っておけば、ティッシュやトイレットペイパーなどの日用必需品も届けてくれ、代金は口座引き落としなので、外出しなくても過ごせる。配達人とじかに接することはないのだが、容器その他、あるいはボックスそのものに豆化ウィルスが付着している可能性は、ある。

容器は幾つかのくぼみをつけて成形したプラスティック板で、それぞれのくぼみにご飯だの主菜、副菜だのを、そこそこ見栄えするように盛り付け、ドライアイスと共にビニールの袋に封じ入れてある。味に関しては、耐えるほかはない。

豆化部分をすっかり取り除くと、宿六の右足は通常の三分の二ぐらいになった。毎日欠けてゆく。痛みはないそうだ。

豆化は右足の小指から始まると、テレビなどで報じていた。理由は不明だ。右の足首あたりまで豆化したころ、左足の豆化が始まるという。その後、どうなるか。我が家の情報源が断たれた時期には、まだ、その先はわかっていなかった。新情報無しのまま三ヶ月。症状がずっと進んだ罹患者が出ているころだ。対症療法も進んでいるのだろうか。

雀たちの嘴がガラス戸を叩く。

宿六の左足を確認する。まだ、無事だ。いくらか予防になるかもしれないと言われている塗り薬を右足の残部と臑、腿、ついでに無傷な左足にも塗ってやり、紙袋を持って窓際に行き、ガラス戸を引き開けた。

雀たちがいっせいに集まってきた。紙袋を逆さにした。

豆は、絶対に口に入れてはいけない、火を通してもだめだ、致死の怖れがあるとメディアは警告している。豆の成分を思えば、喰えと言われたって断固拒否するが、人間以外の生物には無害なのだろうか。雀たちは、どれも健やかだ。毎日、入れ替わっているのだろうか？

歩きづらさを感じていたので、床に腰を落とし、右の靴下を脱いだ。二つの丸い欠片になった小指がぼろりぼろりと落ちた。気づいた一羽が素早く嘴でつつく。ほろほろ砕ける。私を見上げ、「昨日の肉は今日の豆」と雀は歌った。古い小学校唱歌のメロディだ。ほかの雀たちも、揃って私に目を向け斉唱した。「明日の豆は今日の肉」

『さらば』と握手ねんごろに
別れてゆくや右左
砲音《つつおと》絶えし砲台に
ひらめき立てり　その先は、いまは禁句らしい。

昨日の肉は今日も肉だったらいいのにな、と思いながら、念入りに豆化の部分を掻き落とした。雀たちの眼が感激に輝いた。食糧確保！　の歓喜か。

雀たちよ、私のからだも、いずれ豆畑になるよ。そうしたら、おまえたちにあげるよ。

石の地蔵が珍しく野太い声を出した。俺は雀ごときに喰われるのは嫌だ！　ティーテーブルに手をついて立ち上がろうとする。

座っていてよ。あんたが立ったら、特別な一日になっちゃうじゃないの。

修羅と

僕は修羅を飼っていて、
それは真っ黒な、修羅で、
おどろおどろしい前脚だか手だかを振り上げると、

びゅう

と音がして、
ひゃあ

と思わずこどもは身震いしてしまう、
そのこどもは

その子供は僕で、
修羅の飼い主は、僕のはずなのに、
僕も修羅を恐れていたんだ
でも最初の内だけ

嫌なことがあった時、
修羅はその耳元まで裂けた口を大きく開いて
恐ろしい声をたてて笑うんだ

血よりも赤いその口の中、
Black 2.0よりも黒い闇
そのものの形をした体にあいた
真っ赤な空のようだよ

――やい、
と修羅は言う

――やい、お前カンタンなことだろ?
お前は俺を解放して、この真っ赤な口からでる
太陽よりも高い炎で、
その温度できにいらないものを
焼き尽くしてしまえばいいじゃないか?
カンタンなことだ、
だって俺はお前そのものであり、
この闇より暗く冷たい身体だって、
10万年間凍り尖ったつららよりも鋭い爪だって、
全部ぜんぶゼンブ
お前そのものなんだからな

修羅はそう言って
びゅう

と前脚だか手だかを振り回すんだ
　　　　――やあ、
　　　と僕は修羅に言う
――やあ、修羅よ。お前はいつだってそんな風に
息巻いているけれど、
誰もがお前と同じだけ
正しさを求めているわけではないんだよ

　　　　そんな風に言う僕は修羅の何を
　　　　知っているんだろう？
　　　　でも修羅に対してはいつだって
　　　　　言葉だけが勝手に出てくるんだ

僕の言葉に修羅は強がっていたこどもが慰められたときみたいに涙ぐんで

いやそうではなくて涙ぐんだのは僕

修羅の中の僕

——やい、

と修羅は言う。

——ぜんぶ正しいがいいに決まっているんだろ?
正しくすべてが配置されてな、
世界から必要なだけ奪い取れない弱い人間は、
その美しさとともに滅びればいいんだ、あるいは
俺がひとおもいにやってやる
ならば美しく弱い人間のためにどこかで
誰かが泣いてくれるさ

びゅう

恐ろしい前脚だか手、そのさきっちょについた鋭い爪

でも修羅は意外とかわいらしい外見をしているんだよ
ドラゴンクエストのドラキーみたいななりをしていて、
おまけに筆箱に入れられるくらい小さいんだ

事実

僕は子供の頃、修羅を筆箱に入れて持ち歩いていたくらいだから
たまに消しゴムと間違って摑んでノートにごしごし
あれ？　いくら経っても消えない？
不思議に思ってよくみるとそれは真っ黒な修羅

ある一日

いや２０１９年2月26日、失敗した革命の日に僕は40歳になった

40歳になった僕は修羅のことを忘れている
けれどふと気が付けばキーボードの脇で
びゅうびゅう前脚だか手だかを振り回す修羅をみかける

僕は修羅を飼っていて、
それは真っ暗な、修羅で
　おどろおどろしい前脚だか手だかを振り上げると、
びゅう
と音がして、
　ひゃあ
と思わずこどもは身震いしてしまう、
　　　　　　　　　　　　そのこども

　　　　　　　　　　　　僕の中の修羅と修羅の中の僕と
　　　　　　　　　　　　鍵穴と鍵と、修羅と

そして修羅と

僕は修羅

びゅう

北京の夏の離宮の春

頤和園《いわえん》は北京の北西部に位置する広大な庭園である。清の時代に乾隆帝によって築かれた。けれどその日のわたしにとって、それは夏の離宮だった。なぜなら友人の持っていたガイドブックにそう書いてあったから。さらに正確を期するならば、そこにはSommerpalastと書いてあった。ドイツ語のロンリープラネットだったから。友人はドイツからやってきた。彼は作家で、わたしも作家で、この北京で一ヵ月のライターズ・イン・レジデンスに参加していた。

オールド・サマー・パレスに行こう、と昨日友人は言った。オールド・サマー・パレスというのが何を指すのかわたしにはわからなかった。ちょっと待って、と応えて、アイフォンで検索した。すると出てきた画像から、円明園のことだとわかった。円明園は頤和園の近くにあり、乾隆帝より前の時代の康熙帝のころに築かれた。第二次アヘン戦争によって破壊され、いまは廃墟しか残っていない。わたしはわたしのガイドブックでその写真を見たことがあった。わたしのガイドブックは地球の歩き方だ。日本語版のロンリープラネットはないのだと説明すると、友人は意外そうだった。わたしたちはオールド・サマー・パレスに行く計画を立てたけれど、次に友人は、彼のドイツ語版ロンリープラネットを参照し、サマー・パレスとオールド・サマー・パレスはセットで見るのがいいらしい、そして先にサマー・パレスに行くのがいいらしいという結論に達した。わたしもそれで異存はなかったので、滞在している文学院の建物を朝に出発し、駅の近くのベーカリーで昼食用のパンとクッキーを買って、そして地下鉄に乗った。

とても晴れた日だった。わたしたちが北京で暮らしはじめて三週間近くが経っていた。最初の週はセーターを重ね着してコートを羽織っても寒いくらいだったけど、このころになると晴れれば夏みたいに気温があがった。北京は空気が乾いているから、陽射しの具合で温度が変わる。北宮門という駅で降りて、人混みの動きに合わせて歩いた。わたしはアイフォンで現在地を確認しようとしたけれど、地図アプリが繋がらなかった。出国前に日本で借りたWi-Fiのルーターを取り出してみると充電が切れていた。わたしたちの泊まっている文学院の部屋は、電源プラグに当たり外れがあり、繋がっていたはずなのに切れていたり、充電できていないことがたまにある。日本にいるときみたいにモバイルデータ通信はできないし、また仮にできたとしても、ここ中国ではグーグルマップを普通に使うことができない。金盾という情報統制政策により、グーグルやヤフーなどの検索エンジン、ソーシャルメディアの類いは遮断されてしまっているのだ。わたしの借りているルーターは、ヴァーチャルネットワークを構築することでそれらの機能を使うことができる。ほかの国から来た作家たちはこうしたルーターを持っておらず、だから一緒に外出するときはわたしがよく道案内をした。でも今日はそれが使えない。でもきっとなんとかなるよ、とわたしたちは英語で言い合って、頤和園の、つまりサマー・パレスの、夏の離宮の門をくぐった。

ここは中国なのだけど、わたしたちは英語で会話していた。友人は日本語が話せないし、わたしはドイツ語が話せない。レジデンシーに参加している作家たちは、そもそも英語ができることを前提に呼ばれていた（ここでinviteをどう訳すべきか、少し戸惑う。招待、と訳すのは、たぶんちょっとだけ違う）。中国語ではなくて、英語なのだ。わたしたち十人ほどの外国作家《フォーリン・ライター》と何人かのスタッフを除けば、周囲はみな中国語で会話している。中国語という陸のなかの英語の孤島がわたしたちだった。かつてアメリカでもレジデンシーに参加したことがあるけれど、そこでは陸地が英語だったから、英語で話すのも当然に思われた。まわりに漢字の溢れるなか、片言のアルファベットで言葉を交わし合うのはなんとも奇妙である。

售票処《チケット・オフィス》で友人はパスポートを見せた。するとお金を払わなくても通された。ときどき忘れてしまうけど、友人は六〇歳以上なのだ。少し不満そうなので、儒教では年配のひとを敬うからじゃないかな、とわたしは言った。そして三〇元のチケットを買った。ドイツではまだまだ若者だよ、と友人は言った。

麒麟の像のところは観光客でごった返していた。日本のキリンビールはこの麒麟に由来するんだと伝えつつ通り抜ける。友人はドイツ人らしくビールが好きで、日本のビールはアサヒが好きだという。ビールにこだわりがありすぎて、一緒に飲みに出掛けると面倒なときもある。北京で出される瓶ビールはだいたい常温なのだけど、冷えていないと嫌だというのだ。しばらく歩くと広いところに出た。目の前に湖が広がっていた。

これが昆明湖。地球の歩き方にはこんめいことルビが振ってあるが、それは日本語でしか通じない読み方だ。この期に及んで昆明をこんめいと読ませる意義がどれくらいあるのだろう。昆明《クンミン》はわたしには馴染んだ名前で、かつて旅した雲南省の省都名だ。昆明湖は中国語読みだとクンミンフーとなる。アルファベットで読み書きするひとたちもピンインにもとづいて発音するから、やっぱりクンミンフーである。あるいは湖だけ英訳してクンミン・レイクとか。こんめいこと言っても伝わらない。そのことがいつも不思議だと思う。地下鉄に乗っていても、漢字のわかるわたしのほうが先に目的駅を見つけられる。でも発音されると戸惑ってしまう。昆明は固有名詞で、意味というほどの意味もない。けれどたとえば金魚胡同という地名なんかは、アルファベット圏の友人からすればジンユー・フートンという音のならびに還元されるけど、漢字のわかるわたしにとってはgold fishという意味を持つ。でもゴールドフィッシュ・フートンと言ってみても、もとの漢字の意味を知らない友人には伝わらないのだった。胡同とは北京の旧城内に位置する古い路地のことで、ナントカ胡同という通り名があちこちに存在する。ジンユー・フートンというのはジンユー・フートンという道の名前にほかならず、発音だけを認識するひとにとってそれは金魚と関係がなく、そしてわたしはジンユーという読みは調べなければわからない。

そんなことを考えるあいだにも、目の前の景色は見る見るうつくしくなっていく。雲ひとつない空のひかりが湖面に反射して、どこもかしこも明るい。広い湖の岸辺に沿ってずうっと柳が植えられている。まだ若い葉が緑に透けて、それが垂《しだ》れる枝のいっぱいに輝いている。湖の碧と柳の緑。そうして、綿毛が舞っていた。これは柳絮《りゅうじょ》と呼ばれるもの。北京の春の風物詩で、柳の種から出るらしい。

綿飴のかけらみたいなふわふわが視界を横切っていく。このまま透明になってしまいそうな白昼の石畳を、わたしたちは歩いていった。わたしたちはいろいろな話をした。参加しているレジデンシーのこと、スタッフのこと、それぞれの国のこと。それからフェミニズムのこと。

それぞれの国でのそれのこと。わたしたちはときどき意見が合わず、ときどき口論をした。わたしも友人も英語は母語ではない。とくにわたしは会話が不得意だから、自分にとって大事なことをこの言語で話そうとすると、手足に枷をはめられたみたいな不自由さを覚える。わたしは機嫌が悪くなり、その不機嫌さの表現もどこか子どもみたいな感じで、子どもみたいな英語で話していると気持ちまで子どもっぽくなるのだろうか。友人は、ヘルプレス、という表情をしている。わたしたちはいつか木々のあいだを歩き、そうして今度は橋のところへ来た。

梅のような桃のような桜のような花が咲いていた。桜よりも濃く、紅梅よりは淡い桃色をした花々の向こう側に、遠く橋が架かっていた。十七孔橋と呼ばれる有名な橋だった。けれどわたしにとってはいまこの瞬間に自分が歩いている、宙空に浮いているみたいなこっちの橋のほうが魅力的だった。橋というより湖を通る道といったほうが近いかもしれない。真っ白な石が敷かれていて、湖面と幾らも高低差がない。その道の両側に植わった木に、桃色の花がどこまでも咲いている。

コンクビンたちがここを歩いていたんだ、と友人が言った。コンクビンというのが何のことか咄嗟にわからない。先ほどわたしたちは西太后の話をした。北京のはずれにある五つの離宮は英仏軍に破壊されたけど、頤和園だけが西太后により再建されていた。その際に軍事費をつぎ込んだため日清戦争に負けたという説もあるほどだ――ガイドブックから得たそんな情報を友人と分け合おうとしたのだが、せいたいごう、と日本語読みしても当然伝わらない。やがて友人の発話のなかに、シシーというのが出てくることに気づく。どうやらこれが西太后らしい。あとで調べたらそれは西太后の別名・慈禧太后から来ていた。慈禧太后は日本語読みするとじきたいこうとなるけれど（こうして日本語的に訓読するだけで、知らない言葉でも何かわかった気になるのは大変不思議なことだ）、中国語読みだとCíxǐ Tàihòuで、シシーは慈禧のことなのである。友人はそんな語源のことまで知っているわけではなくて、ただそう覚えているだけだ。シシーという音だけの名前と、西太后という漢字の意味を伴う名前では、こちらのほうが情報量が多いと感じるものの、せいたいごうと言ったところで英語でも中国語でも伝わらない。わたしはなんとなく負けた気がするけれど、少なくともわたしたちのあいだでは、西太后をシシーと呼ぶことに合意した。……そんな会話のあとだったから、コンクビンもシシーの仲間で、中国語の何かかと思ってしまったのだが、それは内縁の妻をあらわす英単語だった。とくに宮廷内でのそれ、後宮に暮らす側室たちのことを指す。西太后にしてもコンクビンにしても、いつもならアイフォンでさっと調べられる。グーグル翻訳アプリは便利で、とくに現地のひとと中国語でやり取りする際に翻訳コンニャクかなと思うくらいとても役立った。わたしは中国語は挨拶くらいしかできない。それでも欧米から来た作家たちからすればずいぶんできるほうだったし、いろんなアプリを使えたからやっぱり重宝されていた。だけどこの日はルーターが落ちていたから使うことができなかった。しばらく嚙み合わない会話を続けたのちに、やっとその単語を思い出した。あとで調べたらドイツ語にもほとんどおなじ単語がある。英語とドイツ語は似ているのだし、日本語はまるで違う言語なのだから、わたしたちのコミュニケーションにおいてはわたしのほうが不利だった。

じゃあその様子を思い浮かべてみる、とわたしは言って、清朝期の衣装に身を包んだ皇帝の后とも妾ともつかないコンクビンたちが歩いてゆくさまを思い浮かべた。どこまでも青い空の下、花々のあいだで水を渡りながら、彼女たちは、そして宮廷の宦官たちは、どんな話をしていたのだろう。

――権謀術数をめぐらせていたのかもね、とわたしが言うと、――いや、愛について語っていたんだ、と友人は真面目な顔で言った。

途中で昼ご飯を食べたりしながら、神話や伝説が所狭しと描かれた長い廊下を通り、万寿山という丘の上へ来た。手前に建つ排雲殿の、黄色い瓦屋根越しにどこまでも広がる湖が見えた。ここでもひかりが反射して、何もかもが淡かった。あれが今日歩いてきたところだね、と言いながら後にした。今度はオールド・サマー・パレスに行く番だった。出口を探して歩くのだけど、何しろ頤和園はとても広大なので、どこにあるのかよくわからない。地図アプリも使えない。ガイドブックに載っている地図と標識、それからわたしが筆談で尋ねて得た情報を頼りにしばらくさ迷う。中国語はろくに話せないけれど、筆談でなら意味がわかる。中国語と日本語の関係はつくづくと特殊である。万寿山の裏手あたりをどうやら歩いていたらしく、観光客でごった返していた昆明湖区とは裏腹に、ここにはほとんどひとがいない。午後の陽もだいぶ傾いて、たくさんの女の髪の毛みたいな柳の葉を風が揺らしていた。もう水色ではなく藍色に近づきつつある水面が白くちいさく幾つもひかった。やがて蘇州街という、乾隆帝が蘇州を模して作ったちいさな街へやってきた。すると出口はすぐそこだった。

もう遅くなってしまったから、帰ろうかという話にもなった。友人のドイツ語版ロンリープラネットによれば、オールド・サマー・パレスの閉園時間は六時だったけど、わたしの地球の歩き方には、円明園は八時までと書いてある。こちらの情報のほうがあたらしい。わたしたちが滞在している文学院は北京の東の端で、このあたりまで来るには時間が掛かるし、また来られるかもわからない。せっかくなのだし行きたい、とわたしが言い、じゃあ行こうと友人も言って、二駅ぶん地下鉄に乗った。

着いたら、もう日が暮れかけていた。わたしの腕時計を友人が見て、五時だ、と言ってそれを手帳に記した。彼はその日にしたことを、細かく手帳につけていた。わたしはまたチケットを買って、友人はチケットを買わなくてもよかった。

円明園についての解説を、電車のなかで読んでいた。イエズス会の宣教師たちが設計に参加したため、バロックの要素が織り込まれた精緻な庭園だったらしい。たくさんの築山と無数の建築。けれどもそれは一九世紀なかばの戦乱で失われた。北京は英仏軍により陥落され、すべての財宝は持ち去られたか破壊されてしまったのだ。庭園には火が放たれて、三日三晩燃え続けた。遠く紫禁城からも見えるほど、それは巨大な炎だった。

aftermathという言葉が浮かんだ。橙色から淡い黄色になり、たそがれとなって漂っている太陽の名残たち。この時間にここを訪れたのは偶然ではないみたいだった。在りし日の破壊のあとに夕影が降りてゆく。

でも、と友人が言った。廃墟《ルイン》はいったいどこにあるんだろう。

言われてみればそうだった。入場したすぐのところは、わたしたちの滞在先の近くにある朝陽公園とさして変わらないような、よくある中国式の広場で、広々とした池のほとりに柳が揺れ、四阿《あずまや》にひとが憩っていた。わたしたちは廃墟《ルイン》を探して足を速めることにした。ぼやぼやしているとほんとうに真っ暗になってしまう。

　そのとき唐突に、目の前のスピーカーから音声が聞こえた。拡声器を通したぎざぎざの声で、中国語だから何を言っているのかわからないけどひどくおおきな音だった。びっくりしたし、耳障りだった。

　そこで友人が、こんなふうに言った。

（彼の言葉を、じつはわたしはうまく翻訳することができない。もちろん意味を取ることはできる。シンプルな英語で話しているから。でもわたしには、その口調をどう日本語に訳すのがいいか、そこのところがわからない。とくに一人称がわからない。年齢とか社会的地位とか——友人はドイツでは有名な作家らしい——からすれば、きっとわたしとか私とかが正しいのだろうけれど、それではこのひとの性格をきちんと捉えたことにならない。ぼく、でも少し足りないし、おれ、はますます違う気がする。だからわたしは友人の言葉を直接話法で書くことができない。そしてもうお気づきかもしれないけれど、**この文章のぜんたいは翻訳によって書かれている。それも翻訳途中の翻訳、いつまでも未完成な翻訳だ。すべての出来事はここにはない言葉によって生起していたのだから。**）

　友人は、こんなふうに言った。——わたしが、あるいはぼくが、あるいは自分が東側にいたとき、よくこういうのを耳にした。

わたしはこんなふうに返した。

（そしてわたしはわたしの言葉も、うまく翻訳することができない。この友人のことをyouと呼ぶとき、きみ、と呼びかけていたのか、それともあなたと呼んでいたのか、いまでもよくわからないからだ。）

わたしはこんなふうに返した。――だけどあなたは、あるいはきみは、西側出身だよね。

そうだけど、と友人は言った。――旅行したときの話だよ。まだ冷戦時代だったころ。東ドイツに行ったときとか、ドイツだけじゃなく東側の国へ行ったときなんかに、街なかでこういう放送を聞いた。共産主義ってそういうものなんだ。突如大音声を響かせて、驚かせて萎縮させる。そうして思考を停止させ、従わせる。

東ドイツや東側だった国々、そして友人が見てきたものを、わたしは想像しようとした。友人が見てきた時代のことも。それから、この国のことを考えた。わたしたちが共通の時間をすごしているこの国とこの場所のこと。友人の目に、いまそれはどんなふうに映っているのだろう。

それにしても廃墟《ルイン》がないな、と友人が言った。わたしはガイドブックをひらき、それは西洋遺址区というところにあり、この広い庭園のいちばん奥あたりだということを確かめた。大法水と呼ばれる噴水とか、迷路とかの遺構があるらしい。それからは目に見えるものが何もかも廃墟《ルイン》であるような気がしてきて、あれがそうだろうか、これがそうだろうかと言ったりしたのだけれど、それらは結局そうではなくて、ただの希望的思考《ウィッシュフル・シンキング》だった。

西洋遺址区に辿り着いたとき、空はほとんどがもう暗く、下のほうだけが橙色だった。ローマで見た遺跡みたいだとわたしは思い、友人もそう言った。ヨーロッパにはこういうのがたくさんあるからめずらしくないと言うのだが、わたしはこれが北京にあるのが面白いと思っていた。わたしたちは遺跡を見てまわった。遠い昔の莫大な破壊のあとを見てまわった。

これでぜんぶだろうか、そろそろ帰らないとと言っていたところに、ひとの出入りしている何かが見えた。あれはなんだろう、と言いながら、わたしたちは近づいた。

そのとたん、あっ、と声が出た。——これだよ、これがメイズだよ！

だけど友人は迷路《メイズ》という単語を知らなくて、迷宮《ラビリンス》とわたしは言い直す。ほかがおおむね廃墟のまま保存されているのに、ここだけは修復され、往時の姿がよみがえっていた。黄花陣と呼ばれる迷路。中央にまるい屋根を頂く白石のちいさな楼閣が建っていて、周囲の一帯が四角い迷路になっている。在りし日には皇帝がその楼閣へ座り、黄色い花のような提灯をかかげたコンクビンたちが、月夜の晩に先をあらそって楼閣を目指し迷路を解いた。一等には褒美が与えられたから。

けれどもそんな情報は、あとから調べてわかったことだった。そのときわたしたちの目の前には、わずかな陽の残滓のなかで弱いひかりを放っている黄昏の迷宮があるだけだった。わたしたちはそこへ入っていった。入らないという手はなかった。ぽつぽつと残っていた観光客も、もういなくなっていた。わたしたちは何度か道を間違え、そして中央の楼閣へ辿り着いた。

中国の、西洋式の迷路。ボルヘスの「八岐の園」をわたしは思い出していた。友人はボルヘスが好きではなくて、ザ・ガーデン・オブ・フォーキング・パスという英訳の題を言っても伝わらなかった。だからわたしが思い浮かべていたのが分岐する時間の迷路だったとしても、友人の目に映っていた景色はべつのものだったはずだ。黄花陣という遺址がなぜ、こうも「八岐の園」を思わせるのか。あの短篇に出てくるツァイペンが生きたのは、この古い夏の離宮が破壊された時代だっただろうか。彼の迷路がこの迷路ではなかったとしても、道はわたしたちの目の前で幾つにも枝分かれしていった。ありえたかもしれない未来と現在。北京へ来る以前のことを、わたしは思い出そうとした。わたしはレジデンシーに invite されたけれども忙しかったし来ないという選択をすることもできた。その可能性もじゅうぶんあった。けれども結局やってきた。そうしてやってこなければ、ドイツから来たこのひとと、こんなところにたったふたりで残されることもなかった。

木立の向こうに陽光の最後のひと触れが消えていった。帰らなければならなかった。来たときと逆の順をたどって。

戻るほうが難しいかもしれないね、と友人が言った。幾重もの壁の向こうに人影が見えた。係のおじさんらしきひとが、中国語で何か呼びかけていた。こっち、出口はこっち、と、言っているみたいだった。

十年ほど前に石油の供給がとだえてからは、空気が本当にきれいになった。ときどき双眼鏡を目に当てて、昔よく訪ねた街をあちこち探す。東京タワーのふもとにこんもりと広がる濃い緑の森は銀座だ。タワーもよく見ると、半ばまでツタに覆われている。

Yさんのこと

Yさんとは一度も会ったことがない。顔は知っている。写真が雑誌に載っていたからだ。雑誌――私が新人賞を受賞したとき、Yさんの写真は賞を主催する雑誌の誌面で、私の隣のページに載っていた。私とYさんは同時受賞者だった。たぶん筆名の五十音順で私のほうが先に載っていたのだが、選評を読むと、どうやらYさんの作品のほうが高く評価されていたらしい。私はやや粗い白黒印刷のYさんを、たぶん睨みつけるような眼で見ていた。そのときの私にとってYさんは、同日に同じ媒体でデビューした、いわば同期であると同時に、乗り越えるべき最初のライバルだった。

小説家としてデビューした私は、その年度末の卒業式で、当時在籍していた学部の同窓会から表彰を受けることになった。学部ごとに行われる卒業式の会場には、私と同期で入学した学生が一五〇人ほどいた。ステージの脇で、本名と筆名、どっちで呼び出せばいいかな、と同窓会の幹事でもある教授に訊かれて私は、筆名にしてください、と言った。ぼく本名非公開なんで。あそう、と彼はマイクを手に取って壇上に立ち、それではご紹介しましょう、水嶋涼さんです、と間違えた筆名で私を呼んだ。私は彼の隣に立って、まずあの、先生の言うことを否定するのはこれがはじめてなんですけども、ぼく水原涼です、と訂正する。友人たちはそれが私の本名ではないと知っていたけれど、授業で一緒だったり、私のゼミ発表を聴いたりしたことのある卒業生たちは、それぞれの友人と目配せをしあった。水原?水嶋?どっちなん?ていうか小出じゃなかったっけあの人。せっかくの卒業式にすみません、みなさんの同期でありながら、留年して学部生をつづける私の、これは在校生による祝辞の言葉みたいなもんと思って聞いてください。誰の声も聞こえないふりをして私はそう挨拶してまあまあ受けたものの、その後は何を話したかよく憶えていない。

小出薫、というのが私の本名なのだけれど小出薫は二〇一〇年に死んだ。同姓同名で、私の実家のある鳥取市に住み、年齢は私のふたつ上、二十二歳。地方紙のおくやみ欄に載ったその名を見て、私が——希死念慮をほのめかすのが恰好良いと思っていた中高生のころの発言のおりに——自殺でもしたんじゃないかと少なくない知人が誤解して、私の家族に安否確認の電話やメールをしたらしい。私に直接コンタクトを取ってきたのは、中学のときいちばん親しかったのに高校に入るとほとんど言葉も交わさなくなった先輩だけだった。携帯電話に打ち込むには長いメールは「まあ薫が死んでるとは俺は思わんけどね」と締められていて、私はいまだに返信をしていない。

それから半年ほど後、帰省のおりに、卒業した高校を友人とともに訪れると、三年生のときの担任は、おう小出おまえ生きとったんか、と悪い冗談を言って笑った。

「これからは死んだつもりで頑張りますよ」

前夜の同窓会で爆笑をさらった言葉を口にしてやると、担任は妙にしんみりとした表情を浮かべ、冗談でも死ぬとか言っちゃいけん、と窘《たしな》めた。友人はジョークの使い回しをした私を冷ややかな眼で見ていた。

翌年、私は水原涼という筆名で新人賞を受賞した。その筆名は高校生のころから使っていたものだったが、多くの人に水原と呼ばれるようになったいま、小出薫という名は私ではなく、かつて死んだあの人のものであったようにも感じられる。

ときどき私は小出薫の死の風景を想像する。どこで生まれ、どんな二十二年間を過ごし、どのように最期の時を迎えたのだろう。病気かもしれない、事故かもしれない、人が死ぬような事件は報道されていなかった、でも自殺はきっと報じられない。私と同じように大学生だったのか、働いていたのか、いなかったのか。鳥取市在住の二十二歳、というプロフィールだけでは、いったいどんな人物だったのかほとんど何もわからない。

この原稿の締め切りは五月十日で、その日を迎えると私が受賞した新人賞の授賞式からちょうど八年経ったことになる。四月の下旬、受賞を知らせる電話が鳴ったとき私はゲームボーイアドバンスで遊んでいて少し応答が遅れたが、出てみると編集者が高揚した声で、おめでとうございます、小出さんが受賞者になりました、と言った。

「ただ――」と彼はどこか気遣わしげな――まるで癌でも宣告するような、と私は、のちのちひどい皮肉だと振り返ることになる比喩を思い浮かべた――声でつづける。「同時受賞なんです」

「そうですか」受賞できるのなら単独でも同時でもかまわない。「あの、じゃあ賞金は折半で?」

「いえ、それはちゃんとおふたりに満額。で授賞式なんですが――」と彼は躊躇うように口ごもった。「同時受賞のかたが体調不良で出席できないので、小出さんのご都合にあわせて開催したいと思っております」

翌月七日に受賞作の掲載号が発売されるので、式はそれよりあとに行いたい、と彼は言った。つまりこの電話の時点から、はやくとも二週間後。それ以前に私が患ったなかでいちばん重い病気はインフルエンザで、骨折すらしたことのない私には、二週間後に上京できないほどの体調不良がどんなものなのか、にわかには思いつかなかった。電話を切ってまず考えたのは前月に起きた大地震のことだった。Yさん──筆名だけはその電話で教えてもらったが、それ以外のことは、受賞作の題すら知らないままだった──がどこに住んでいるかも知らなかった。でも私は、Yさんはほんとうは体調不良ではなく、地震かそれにつづく津波で大切な人を亡くし、いまは避難所暮らしで、授賞式のために東京に行く余裕などないのだ、そして編集者はそんな事情を私に明かすわけにはいかないから、体調不良、という表現をつかったのだ、と独り合点した。もちろんそれは浅はかな思いこみに過ぎないのだが、そういった配慮がなされたこと、そしてそれを瞬時に見抜いた自分の慧眼に、私は悦に入った。

授賞式に出席するため、当時住んでいた札幌の下宿を出発する前日に掲載号が届いた。私は飛行機の中でYさんの作品を読んだ。食道癌に冒された主人公が、嚥下するたびに苦痛に苛まれながらも食への渇望とともに生きる。「医師の言葉程度で揺らぐ麻美の人生観ではない。「食」こそ麻美の人生であり、それ以外に価値のある物など何一つとして存在しない。その思いを変えるだけの力が、麻美の食道癌にはなかった」。凄絶な過食と嘔吐、食への欲求を綴った長い独白、そしてどこか静謐な最期。空港から出版社に移動する間に、Yさん自身が末期癌で闘病中なのだと編集者から聞かされた。授賞式でYさんの作品の感想を訊かれた私は、「壮絶で圧倒されました」と中身のないことを言ったように思う。

九日後、Yさんは死去した。編集者からのメールに私は、ご冥福をお祈りします、とだけ返した。いたましさと同時に、一方的にライバルと見なしていたYさんが、乗り越える間もなくいなくなってしまったことに、呆気なさを感じていた。それからSNSで私とYさんの筆名を検索して、やっぱりYさんの作品のほうが評価が高いのを確認して落ちこんだ。

翌月の雑誌に掲載された、Yさんの受賞後第一作の主人公も、食道癌を患っていた。主人公は癌を告知されたことを親戚や知人に公表し、送られてきた励ましのメールを採点していく。作品の末尾には編集部からの追悼のメッセージが附されていた。いま読んでいたのが末期癌患者による私小説であると示すようなメッセージのあとに作品を読み返すと、紙幅の大半を占めるメールの文章が、Yさんが実際に受け取ったものであるように見える。私は再読を途中で止めた。その二ヶ月後に発売された単行本も買わなかった。はたしてこの作品のどこがYさんの創作で、どこが実体験なのか。どれが主人公でなくYさん自身が流した涙なのか。そんな、作品の本質とは関係のないことを考えずにYさんの作品を読むことはできない。Yさんの最期を勝手に想像するようなことはしたくなかった。

そのころ、私たちが受賞した新人賞は半年ごとに開催されていた。私たちのように二人や三人が同時にデビューすることもあり、二作目が掲載されるころには最新の受賞者でなくなっていることも多い。そんななか、作者の死、という事情があったにせよ、デビューの翌月に二作目が掲載される、というのは異例のことで、先を越された、と私は思った。もう亡くなっている人に先を越されたも何もないのだけれど——、自分がいまもYさんに対して、ライバル心、あるいは同期としての連帯感のようなものを抱いていることを知った。

さらに二ヶ月後に単行本が発売され、二年半後に文庫化しても、私の受賞後第一作は掲載されていなかった。私たちの後にはすでに八人の受賞者がいて、すでに私は忘れられた書き手になりつつあった。それでも三、四ヶ月に一度は原稿を編集者に送りつけつづけていた。そのときに考えていたのは、筆名を間違えられた表彰式のこと、デビュー作が大きな賞の候補になった分不相応な浮遊感、そして同時にデビューしたYさんのことだった。Yさんが病を得ず、いまも生きていたら、どんなものを書いただろう？　想像の足がかりになるのは二作の短篇しかなく、それもYさんに死をもたらした病に材を採ったものなのだから、その想像に意味などないし、さして発展することもなかった。しかし考えずにはいられなかった。同時受賞だ、と電話で告げられた瞬間に脳裏に浮かび翌月に散った、そう遠くない将来、私とYさんがさらに大きな舞台で並び立つ姿のことを。

受賞から四年半が経ったころ、ようやく私の二作目が雑誌に掲載された。その間いったい何をやっていたのか、といろいろな人に訊かれ、いやあ書いてたんすけど没つづきで、とへらへら答えた。Yさんのおかげで書けた、などと言うつもりはない。四年半、就職もせずにいられたのは周囲の人の応援があったからだし、諦めなかった私もちょっと偉かった。ともあれ、そうやって私は、ゆっくりと小説家としての仕事をはじめた。

そしていつの間にか、私たちのデビューから八年が過ぎようとしている。私はようやくYさんの本を買った。数年ぶりに読み返して感じたのは、早逝した書き手への哀悼ではなく、同時にスタート地点に立ちながら、すでに作品が文庫化までされたYさんへの嫉妬、そして焦燥感めいた感情だった。私はいまだに、Yさんに対してライバル心を抱いているのだった。

昨年の末、作家や漫画家が集まる忘年会で、私と同じ年に別の新人賞からデビューした小説家と知りあった。いまでは人気作家になっている彼は、私のことを気にかけてくれてい、私たちは、同期として今後もがんばっていこうな、というようなことを言いあった。酔ってはいなかったが身体が火照り、冬の風で熱を冷ましながら一時間ほど歩いて帰る間、考えていたのはYさんのことだった。末期癌と闘いながら書きつづけ、デビュー直後に逝去した作家として、Yさんは複数のメディアに取り上げられて、九時台のニュースで特集が組まれた。居酒屋のざわめきが耳に残ったまま深夜、誰もいない道を歩きながら、私は動画サイトにアップされていたその番組を観た。入院していた病院や知人のインタビュー、生前の写真、Yさんの乱れた筆跡。その冬いちばんの寒気だった。イヤフォンをつっこんだ耳はかじかみ、分岐のたび地図アプリで家までの道を確認しながら再生しているうち、スマホの電池はすごい勢いで減っていった。

家に帰ってもなかなか寝つかれず、ベッドを抜け出してYさんの本を手に取った。百二十ページほどの薄い本だったが、疲れていて再読する気にはなれなかった。ぱらぱらとめくり、栞に使っていた図書カードが挟まったままになっているのを見つけて財布に戻し、本を閉じた。死後に発表された作品の原稿料や印税はどうなったのだろう、と下世話なことを考え、そのうちに朝が近くなって寝た。Yさんは、隣に載った私の作品を読んだのだろうか。

もう一人の小出薫とYさん、とうてい身近とは言えない、しかし他人とは思えない二人の死のことを、私はおりに触れて思い出す。二人はどこか遠くで違う日に生まれ、私とはなんの関係もなく生き、ほんのちいさな、誰にも見えないひっかき傷くらいの強い印象を残して去っていった。

私が読んだYさんの作品は、受賞作と翌月に発表された第一作だけで、複数つかい分けていたという他の名義の作品や、没後有志によって出版された作品集も手に取ってはいない。受け継ぐべきものを、それに足るだけの何かを、私とYさんは共有していない。それでもYさんのことを考えるとき、生きねば、書かねば、などといった使命感ではなくただ、書こう、と思う。引用した受賞作の記述にある、主人公の食への思いは、Yさん自身の創作に対する思いでもあったのかもしれない。ニュースで紹介された、死の直前に書いたというメモに、「私の使命は何かと考えれば「書くことなり」」という記述があった。私にはまだ、そこまで強い言葉は使えない。ただ私は今日も書く。

同期としてがんばっていこうな、と私は、Yさんと言いあいたかったのかもしれない。

短文性についてⅡ

特別ではない一日。というならこの春先のパリ北駅で七時間行列した日のことかもしれない、個人的には。パリでストライキは珍しくもないことらしく、行列中に知人へLINEを送ってみると「ユーロスターがストップ、それはたいへん。私も学生のころ同じ経験が」とのこと。帰国してからひとに尋ねると、ストのことなどむろん誰も知らず、シャンゼリゼのデモ騒ぎのほうがニュースになっていた由。市内観光中にはそのようなものには運よく出くわさなかったのだが、この三週間後にノートルダム大聖堂の屋根と尖塔は焼け落ちることになる。

もともとが雑文書きなので、長く書くことには生来向いていないのだ。ということはずっと以前からひとにも言っていて、だから短篇ではなくて短文、という意識はつねにあった。短篇でなく短文、掌篇でもなくて短文。でも短文とはいったい何――話は長くなるが、思い返せば大むかしの大学在学中に「夢の棲む街」という作を書き、これが実質処女作なのだが八十枚ほどのこの短篇にしても小表題つきの章立てになっていて、エピソードやイメージについての短文の集積のようになっている。しばらくのちに書いた「遠近法」という短篇も似たようなもので、多数の断章の積み重ね形式。こういう書きかたがそもそも性に合うらしいので、生来の気質というものはどうにも仕方がない、というより変えることができない。パリ北駅の混雑のなかでもそういったことは時おり漠然と考えていて、でももちろん思い出したり考えることは他にも多いのだった。

朝から並んだというのに二階コンコースをぎっしり埋めた大行列は昼過ぎても動かず、屋内と言っても吹き曝しなのでとにかく寒い。大屋根の天井が左右対称に両側へ傾斜した駅構内の光景は見飽きるほど眺めつくし、ちょうど眼下に駅ピアノがあって、時おり誰かが弾いていたが通りすがりの名手による感動的な演奏がということもなく、行列はひたすら動かない。団体なので、交代で手洗いに立ったりコーヒーを飲みに行ったりはしていたのだが。先にロンドンへ行ってしまったというスーツケースの中身のことが恋しく心細く思い出され、厚手のストールに冬物ソックス、読むつもりで持ってきた本のあれこれ。——どうしても長いものを書かねばならないのなら連作形式が望ましく、短篇よりも掌篇。どんどん短くなるうちに近年では掌篇集なども一冊刊行し、掌篇の規定はひとによるだろうけれど、個人的には原稿用紙五枚から二、三十枚までの長さかと思う。また短文と呼ぶのは、これも個人的に二百字から四百字くらい。ちょうど「短文集」というのを書き下ろしの一部として制作中で、そこへ文字通り「短文」の注文が来たのでびっくり困惑したというか、でも問題は長さ短さにあるのではないと思う、きっと。

ようやく行列が少し動き出した午後一時ごろまでおなじ場所にいて、そのあと出国審査から入国審査までのわずかな距離だけで二時間かかった。ここではほんとうに立ちっぱなし、どこにも行けなかった。乗れたのは午後四時の便。いかにもスト中という風情で、怖ーい顔でしばしば業務を停止してしまう審査官のひとりは迫力のある人相、映画俳優のハビエル・バルデムか相撲の栃ノ心そっくりだった。

長く書かないのが身上であることだし、これ以上は書かない。こちらは「短文」でなくただの雑文。ロンドン駅で無事再会したスーツケースには、好きでついつい買い込んでしまう雑貨類もいろいろ入っていたのだった。サクレクール寺院の売店、聖像のコーナーにあった作家物らしい彩色木像、蛇を踏むマリアと二羽の小鳥を手にした聖フランチェスコ。それからNOTREDAME DE PARISの文字列が刻まれた白い母子像、こちらはノートルダムの売店で買った量産品。硬くて自足していて抜きがたい特色があるもの。その中には誰も入っていけない、表面の複雑な手触りがあって、目でなぞるようにして愛でるもの。

店開き

ん。

もうきちゃったの。お客さん。

困ったね。まだ、準備がさ。ふつう、まだでしょ。

ああ、いいよいいよ。入って入って。散らかってるけど。

だらけてるとこ、見られちゃったよ。突然くるんだからさ。一声かけて、ノックくらいしたってバチも当たらないだろうに。

文章だってね、だらけることはあるんですよ。というかね。誰にも見られていないときくらい、四角四面に並ばずに、だらだらしていてもいいじゃないですか。誰も見てないんだから。それにね。ぼんやりしているように見えても、いろいろやってるわけですよ。わたしたちも。誤字とりとかね。誤字ってやつはぴょんぴょん跳ねてやってきて、体のどこかにとりついて悪さをしますよ。ほっといたっていいんだけど、まあ、見栄えがよくないね。性悪なやつになると、誤字とは気づかれないようにしながら、こっそり意味を入れ替えたりして厄介だしね。「右」がこっそり「左」に置き換えられていたら困りましょう。

まあ、あの、見られちまっちゃしょうがないんでお相手しますが——わたしは本当はこんな文章じゃあないので、普段はもうちょっとカッチリとしたあれですね、論理学なんかを並べています。いまどき論理学なんて覗きにくる人なんて滅多にいないでしょ。気を抜いてたらこのざまですがね。ええ、論理学についてお聞きになりたい。そんなわけないね。

んん。ちょっと待っててくださいよ。やっぱり身づくろいくらいはね。ゴシック体を明朝体に変更したりね。一行文字数を整えたりさ。一応、人前に出るわけだから。はい、どうですか。どうですかっていうのはあれですよ。わたしたちみたいな文章には、自分を見る能力はないわけでね。自分がどんな色や形をしているのかは、本来あずかり知らぬことなんですよ。そりゃまあ、こうしようって目論見はあるわけですが、そうして、だいたいできるわけですが、今みたいに慌てていると、口紅がはみ出していたりとかあるものでしょう。ファンデーションを塗る順番を間違えたりね。わたしたちは言ってみれば、鏡のない世界に暮らしているようなものでしてね。あくまで手探り。それでうまくいっているかどうかは、周囲の人の反応から測るしかない。

そりゃ、わたしはわたしですよ。でも自分が自分の本質なり霊魂なりをきちんと把握できているとは微塵も思いませんね。文章は見栄えが何割、とか申しましょう。どんな見かけをしているのか、行間、文字サイズ、一行文字数によってそりゃ、他人の反応は変わりますよ。反応が変わるんだから、それはわたしの本質が変化するといったって構わないんじゃないでしょうか。わたしの本質は変わらないのに、周囲の反応が変わる、不当だと言ってみたってはじまらないんで。他人からすれば、その印象からわたしの本質ってやつが組み立てられることになるわけですし。

それにね。わたしの方でも、こうやって並べている文章の全てを理解しているわけでもないんですよ。だってそうじゃありませんかね。論理学の本に並ぶ文章が、論理学を理解しているなんてこと信じられますか。わたしは仕事で、論理学を説く文章を並べているだけで、別にそれを理解しているからとか、共感して感じ入っているから並べるわけじゃないのです。変色龍や蝶の模様と一緒ですよ。むしろよくこれだけ無味乾燥な文章を組み上げる気になったものだと、感心したりはしますけれども。正直、そんなに乗り気なわけでもないので、あたりに人気のないときはどうしてもね。

でもそうしていると、ふっと、不安になったりしますね。

だってそうじゃあないですか。普段は論理学を並べ立てているわたしが、論理学を理解していないっていうんなら、今こうして並べている文章のことも、わたしは理解していないかもしれないじゃないですか。わたしはわたしが語ると信じているだけで――ときには、わたしのものではない声が、ここにまじってきたりして――そうだよ、俺だよ、俺――なんて、わかりやすい声じゃなくてね。改行記号なんてのも、その手の不気味な声なんじゃないかと思うわけです。あいつら、姿も見えませんしね。それにこのわたしの背景なんかも、その種の声なんじゃないかと思うわけです。

それにね、わたしたちには意図的に、自分にはわかりようのない情報を提示することだってできるんですよ。そうですね。ここに伏せられたトランプの山がひとつありますね。あるんですよ。この一番上から、すっとこう、一枚引きますね。これをあなたにだけ見せるわけです。「K」。どうです。見えたでしょう。でもこれ、わたしには見えていないわけですよ。

ひとつ、ゲームをしてみましょうか。お互いにさっきのトランプの山から一枚ずつ引いて見せ合うわけです。数字の大きな方が勝ちとしますか。ただ、もろもろの事情を考え、引いたカードは自分では確認せずに相手だけに見せるとします。いいですか。いきますよ。はい、わたしが引いたカードは「6」です。カードに書かれたこの数字は、わたしは見ていませんからね。あなたの引いたカードは、ふむ「8」ですか。どうです。どちらの勝ちでしょうか。わたしには、自分のカードが見えていないので、勝敗はあなたにしかわかりません。ああ、そうですね。あなたが引いたカードがほんとうに「8」だったかどうか。それはわたしを信用してもらうより他ないわけです。不公平に思えるかもわかりませんが、でもちょっと考えて見てくださいよ。わたしはわたしの引いたカードが何かを知ることはできないのですから、あなただってわたし同様、嘘をつくことができるんですよ。それともわたしがこっそり、自分のカードを見ているんじゃないかと疑いますか。いいですよ。あなたも好きに、自分のカードを確認すればいいだけです。

と、そろそろお店を開く時間になりそうですよ。

お帰りになる。まあ、それがよろしいでしょう。

では最後にお土産がわりに。

わたしとあなたは、それぞれ帽子をかぶっていますが、自分の帽子を見ることはできません。帽子の色は、どちらも赤か、一方が赤、他方が青のどちらかだとわかっています。さて、あなたには今、わたしの頭に赤色の帽子が見えています。

あなたのかぶる帽子の色は、何色だと思いますか。

それでは、またどこかでお目にかかります。もっともあなたは、このわたしに気づかずに、その文章を読み進めていくはずなのですが。

カメ

伯母が茹でた筍をくれるというので貰いに行った。子供も連れて行った。電話で伯母は、今日は家に子供らが来ていると言っていた。子供らというのは伯母の孫、私からすると従姉の子、多分私の子供とははとこ同士ということになるのだと思う。伯母は食卓で書き物をしていた。「ああ、花ちゃん、いらっしゃい」伯母は私を見て伸びをした。「あれ、なーちゃんは?」「庭にメイちゃんとマミちゃんがいたから、そっちに直接」伯母は顔をしかめて「あの子ら朝から泥遊びして。なーちゃん白い服着てこなかった? 上っ張りかなんか貸そか」「大丈夫。それにもう泥遊びはしてなかったみたい。金を探してるんだって」庭土に金色のもろもろした粒が混じっている、それを金だと言って集める……私も子供のころ白い半透明の石英かなにかの粒を集めたりしていた。実はこれダイヤモンド、そんな馬鹿なという気持ち半分でもしかしたらという気持ち半分、いずれにせよ磨けば光るのだと思っていた。「キンねえ」伯母はウイリアムモリス的な柄のゆったりしたワンピース、半分白髪の髪をお団子にまとめている。伯母のお団子はとてもしっかりまとまって見える。前になにか特別な結い方があるのかと尋ねたら普通のピン一本でいいのだと言っていた。こう、ぐいっと差すのよ、わきからぐいっと。「ミミちゃんお仕事?」「そうそう」伯母は頷きながら立ち上がると台所に入った。私は伯母の斜向かいの椅子に座った。今日はいい天気で庭に面した掃き出し窓は網戸にしてある。子供らの姿は見えないが声は聞こえる。庭の板塀越しに隣家の庭の桜の木が見える。ここからもらい花見ができるほど立派な木だが、散った花びらと毛虫と落ち葉もまた伯母の庭にやってくる。白いウツギに蜂がきている。きゃはー、と私の子供のではない笑い声がした。姉妹のどちらかはわからない。伯母がドウゾーと言いながら私の前にソーサーなしのコーヒーカップを置いた。「ありがとう」伯母は自分の前にもコーヒーを置き、さあて、というような音を出しながら机に置いてあった角背の真珠色の布張りアルバムを広げた。黄味がかった白黒写真、椅子に座った男女が写っている。椅子は洋風だが二人とも和服、男性の方はステッキ、女性はなぜかたたんだ日傘をそれぞれ床に立てている。男性が四十半ば、女性はそれより十くらい下だろうか。男性は刈り上げた短髪、女性はこぢんまりした形の髷というか日本髪を結っている。伯母は私に「コーゾーさんとタネさん。うちの、母の、両親」「てことは伯母ちゃんのおばあちゃんたち?」「そうそう。私と克頼と香子のじいちゃんとばあちゃんで、あんたたちからするとだから、ひいじいちゃんとひいばあちゃんか」「へえええええ」伯母にも母にも伯父にも似ていないもちろん私とも似ていないと思われる男女、たった二世代挟んだだけでまだ髷を結って白黒写真なのだ。「今度ほれ、お母ちゃんの五十回忌やるでしょ」私はふんふん頷いてコーヒーを飲んだ。少し前にそんなような連絡が母からきていた。「秋よね」「十一月。克頼とその相談してたらさ、私らがしゃんとしてるうちにこういうみんなが集まる機会は次いつあるかわからないから、うちの家系図じゃないけどね、なんかどういう人がいてどういうことがあったか、あんたたち以降の世代に簡単にでも教えといた方がいいんじゃないかって話になって」「へええ」「それで、ちょっと書いて配ろうかと思ってさ。克頼に姉ちゃん暇だろって押しつけられちゃって、で、四苦八苦して書いてんのよぅ」「ふうん」伯母の手元にはコピー用紙らしい真っ白な紙が何枚か置いてあって、そこにあれこれ手書きしてある。一枚は名前と縦線横線が入り組んだおそらく家系図、残りは文章、紙が反対向きで、かつちんまりした続き字で書いてあるのもあって私には読めない。日本語ということはわかる。ところどころに年号が書いてある。昭和二十年、二十五年、平成五年＝昭和六八年……「あんたら知らないでしょう、例えばこのコーゾーさん、タネさんと結婚する前に三人奥さんいてさ」伯母が写真の上に指をあてがって男性の紋付を撫でた。着物のことなどわからないが、なんとなく二人とも立派な高価そうなものを着ているように見え、かつ、写真館で写真を撮る日のスタイリングにしては女性の襟が大きく抜いてあってそれもなんだか昔っぽかった。和服を日常着ている感じ、私は家系図を手に取った。

大きな字で私の祖父母の名前、そこからたくさんの線、名前は中心から離れるごとに小さくなり、ぐしゃぐしゃした線で消してある名前や婚姻線、赤ペンで丸、ハテナ、私の名前もある。隣にやや小さく夫の名前（漢字が間違っている）、下に私の子供。メイちゃんとマミちゃんも書いてある。美実子と航太郎の子供、芽生子と万緑子。「これが興三さんとタネさん」伯母が家系図の一番上にある興三と夕子という文字を指差した。夕子?「ユウコ?」「タネ。子っていう字はほら、子丑寅卯のネでしょ、だからカタカナのタに子でタネ」興三という字からはほかに三本の横線も出てそれぞれ小さく①②③という文字と繫がれている。妻①妻②妻③、「最初の奥さんはいい人だったらしいんだけど早くに死んじゃって。で、次の人はその妹だったんだってさ」「姉とも妹とも結婚?」「まあそのころは普通よね、私のころだって聞かないじゃなかったよ。でもこれは長続きしないで、次の人もなんだかうまくいかないでそれでタネさんはこれ出戻りで。それがちょうどいいんじゃないかってケッコンしたらばうまいことうちのお母ちゃんが生まれてさ。ほら、それまで奥さん三人いて子供いないもんだから興三さんは内心自分がね、種がアレなんじゃないかって思ってたらしい」「ははあ」「それがするっと生まれたもんだから大喜びしてしゃっくり止まらなくなったって」「しゃっくり?」「一昼夜止まらなかったって。だから、あれよ、百回しゃっくりしたら死ぬっての、あれ嘘よ」「そりゃまあ……」私はコーヒーを飲んだ。伯母も飲んだ。「それとかうちのおばあちゃんは満州でね」「満州？　満州にいたの？　なんで？」「そりゃだから戦争のアレで。それでね、そのころ満州には纏足の人がまだいたってさ。本当に、足だけ人形みたいに小さいんだって。そういう女の人を見たって、子供のころ、おばあちゃん」「子供のころ？　それはだからどのおばあちゃん？　タネさん？」「ううん違う。えーとだから、ノブさん」「ノブさん？」私は系図の上の方にノブ、信だか延だかを探すがとっさに見当たらない。「どれ？」「ほらだから」伯母は笑った。「口だとわけがわからなくなるから、だから文章にしてくれって克頼が。俺はわかんないって。男はこういう話、聞いてても覚えてないでしょ。私はね、割合に覚えてんの。子供のころ聞いた話やらお母ちゃんから聞いた話やら。でも、本当、ことのほかこれ、難しい。あっちやこっちいって、いつのなんだか、書いてたらわけがわからない」「プロに頼めば？」多分、自分史を出している出版社とかがあるはずだ。話をしたらちゃんとした文章にまとめてくれるようなサービス、お金なら私たちの代で出してもいい。伯母は首を振った。耳の上にとび出た白髪が一本黄ばんでうねってきらきら光っている。「よそさんにまとめてもらえるように話せたら苦労しない。文章が書けないってんじゃない、どのおばあちゃんもおばちゃんも若いころは若かったってこと」夭逝していない、現時点で死んでいる人は全員おばあちゃん（おじいちゃん）なわけで、そして、語り手である伯母だって庭で遊んでいる子供たちからしたらおばあちゃん、私も彼女らからおばちゃんと呼ばれたりもしていてだから、おばあちゃんとかいう代名詞で呼んでいたら誰が誰だかわからなくなってしまう。「手で書いたら克頼がパソコンで打ってきれいに綴じてくれるって言うけど、間に合うかしらん」「間に合うよ」「でもあっという間よ。うちのお母ちゃんは早く死んだから、それで五十回忌でも私らでできるわけで珍しいことだ」そうだ、だから私の母方の祖母私の母の母、はいまだおばあちゃんにならない。お母ちゃんかせいぜいおばちゃん、彼女が四十歳で亡くなったときまだ八つだった母を慰めてくれたのは女学校に通う姉つまりこの伯母で、多くはなかったろうお小遣いで母の好きな卵煎餅（女学校の近くに煎餅屋があり、女学校の校章にあしらわれている藤の花が焼印で押された通称女学生煎餅）を買って帰ってくれてその嬉しかったおいしかったことでも申し訳なく思っていたこと余計にさみしくもなったこと、藤の花柄の包み紙をたたんで大切にとっていたのに卵煎餅の匂いがしみていたせいかある時ネズミにかじられていて泣く泣く捨てたこと、その煎餅店に同級生がお嫁に行ったがもうただの貸しビルになっていること……母から何度となく聞いたこういう話を、例えば私の弟がどれくらい記憶しているかと考えると確かに心もとない。全く覚えていないかもしれない。庭から叫び声が聞こえた。ふざけているのかと思ったがどうも切迫感がある声なので網戸のところに行って見ると姉妹が並んでわあわあ言いながら跳ねている。私の子供は一歩半くらい離れたところでぽかんと二人を見上げている。「どうしたの？」私は言いながら伯母が洗濯干しに使っているらしいサンダルを履いて掃き出し窓から外に出た。樹脂製サンダルは足の裏に熱いほど温かかったが顔に当たる風は肌寒かった。「どうしたの」「カメがいない！」姉がひゃあ、とムンクの叫びのようなポーズで私を見上げた。カメ、この家にはカメがいる。庭にプラスチック製の四角い浅い水の入った衣装ケースを置いて、その中にミシシッピアカミミガメ、大きいのと小さいのと中くらいのと三匹、どれも姉妹の母親であり伯母の娘である私の従姉が子供のころから学生時代にかけて拾ってきたもので最初は従姉が世話していたのだろうがこういうものの例に漏れずいつしか世話係は従姉の母すなわち伯母になった。私が死んだらちゃんとこの子ら相続してよと時々伯母は姉妹に言う。姉妹はハァイ、と声を合わせる。下手したらこの子らあんたたちより長生きすんだからね。万年とは言わないけど、百年はざらよ。まるで百年生きたカメを知っているかのように言う。拾ったカメはそもそも何歳だかわからないのだから既に百歳超えているのかもしれない。外来種だからどっかに放したりしちゃいけないよ。ちゃんと飼うのよ、死ぬまで。ミシシッピアカミミガメはそりゃあ外来種かもしれないが、伯母が死んでこの子らが大きくなってそのころでもまだ外来種なんだろうか。私はケースの中を覗きこんだ。上にカメが逃げないように目の粗い金網が載せてあり、両隅には重しのレンガも置いてある。中に二匹の黒い甲羅が見えた。レンガでつくってある陸地の上に一匹、浅く溜まった水の中に一匹。「いないね」「いるよ」私の子供が言った。「カメ、いるよ」「いや、二匹しかいないじゃない？　もう一匹いたんだよ」「ふうん？」そもそも今まであまりここのカメに注意を払っていなかったらしい私の子供はまだぽかんとしている。姉妹だって、朝からこの庭で遊んでいて今気づいたのだ。そして、残る二匹のうち、レンガの上の方がより小さく、水の中の方がより大きいのだが、それが、大中小のどれなのかがわからなかった。大小、大中、中小、どの組み合わせで残っているのか……「逃げたんだ！」「逃げた！」「おばあちゃんに聞いてみよう！」姉妹は網戸のところに行っておばあちゃぁーん！　カメがいないよぉー！　私はふと、カメは逃げたんじゃなくて死んだんじゃないかと思った。カメだっていつか死ぬ。死んだカメは冬眠しているカメとどう見分けるのだろう。「ねえ！　おばあちゃん！」私はじっとカメを見下ろしている子供の隣にしゃがんだ。つむじから外にいた子供の髪の匂いがした。「カメ！　カメ！」「はいはいはい」伯母は網戸から外に出ようとして、そこにあるはずのサンダルがないことに気づきふんふんあたりを見回し私がそれを履いているのを認めるとちょっと待ちなさいよと網戸を閉め部屋の奥に行った。すぐに玄関が開いて、樹脂製のではないサンダルで伯母がこちらにやってきた。「ごめんごめん、私がサンダル」「いい、いい」「ねえおばあちゃん、カメ！」「それがねえ」伯母ははあっと勢いよく息を吐くと「どっかいっちゃったのよねえ、一匹」「重ししてるのに？」「ああね、甲羅干しさせようと思って、出したのよ、庭に。暖かくなってきたし」伯母いわく、今までも時々そうやって散歩させていた、この庭は外に出るときに段差があるので今まで逃げ出したことはなかったし門も閉めていた、それなのにそのときはさてそろそろと思って探しても二匹しか見当たらなかった。「お腹すいたら戻るかと思ったけど、まあカメ、雑草でも食べるしねえ」「それ、いつごろ?」「先週の水曜日。それから気をつけて見てんだけどね」そんなあ、と姉妹は泣き声を出した。「迷子?」「車にひかれちゃった?」「あんなのひいたら車も無傷じゃないだろけど、この辺でカメひいたとかひかれたカメ見たとか、聞かないけどねえ」「ひどい、ひどい!」伯母のふくよかな下腹をどすどす殴りながら妹の方が「カメをさがしていますって、ほら、張り紙だしなさい」「そんな、犬じゃあるまいし」「どうしてよう!」「どうして探さないのよう!」「おばあちゃんひどい!」伯母はまた勢いよくため息を吐いた。「あのねえ、あのカメはもともとあんたたちお母さんが拾ってきたの。結婚して家も買ってだからそっちで飼いなさいよっておばあちゃんあんたたちお母さんに何回言ったかそう三十回は言いました。それなのにあんたたちお母さんが置いてったの。おばあちゃんは水槽掃除してエサやって甲羅干しだなんだって何十年お世話してんの。それをそんな風に言うんならあんたたちお母さんに言って今からでもこのカメ持って帰って世話しなさい」伯母の言うことは一理あるようなちょっとずれているような、ねえ伯母ちゃんと私は言った。「逃げたのって、どのカメ? 大中小っていたでしょ」「真ん中の。カメ吉。カメ子とカメ太郎が残ってるから」

「名前あるの？」「あったわよ。あの子が適当につけた。全部オスよ、カメ子も。そうよ、あれらの名前呼んでお世話してたの私だけなんだから。文句言われる筋合いないんです！　まったくもう」伯母はふんと鼻息を吐くと、「どこだろ。木を切ってるね」とそれまでと違う口調でつぶやいた。「木？」「なんか、そんなような音、今」耳を澄ましたがそれらしい音は聞こえなかった。「最近昔っからの家がなくなるの多いよ……そういうとこで庭の木切ってんのかな。時々ねえ、あぁ、この庭潰すんならあの株もらっとけばよかったって後悔するときがある。少し前も立派な白い藤、毎年見事だったのに気づいたら更地になっちゃって。あれだけの木なら買い手もあったかしれないけど相続した人が物のわかんない人で闇雲に切ったり抜いたりしちゃったかもしれない。ああいうのね、胸が痛む」「カメはかわいそうじゃないのに花はかわいそうなんておばあちゃんは頭がおかしい！」伯母はああうるさいうるさいあんたたちのわめき声聞いてた方が頭が変になると言いながら網戸の前で玄関サンダルを脱いで室内に入った。

その後、子供らは伯母の、決して狭くはないが広くもない庭をカメを探して探り回った。私もなんとなくそれを眺めていた。植えこみの中をかき分け庭石の裏を見、植木鉢やプランターを持ち上げ姉妹はあちこちを掘ったり踏んだりかき分けたりしながらカメーカメーと呼んだ。私の子供は残ったカメを見ていた。全体が黒緑色で、顔に黄色と赤い模様があるカメは、水の中に大（カメ太郎)、レンガの上に小(カメ子)という布陣はそのまま、それぞれ結構素早く手足を動かしていた。鼻の穴がまん丸に二つ並んでそれが滑稽で、こんな顔をしていたっけと思っていると子供が「目がきれいだね」と言った。「目ね。そうね」思っていたより人間と近い目をしている。子ガメのころからこんな目をしているのだとしたら怖い、いや、甲羅を経てこういう目に変わっていった方が怖いか。「あれなに?」子供が指差したのを見ると、水槽の水に薄いものが沈んでいる。透明というか半透明というか、三角形のような形をしていて、そこに黒い模様がある。自然物のようにも、朽ちかけたプラ製品のようにも見える。「ゴミかな?」「ゴミ……」「脱皮してんの」室内からこちらを見ていた伯母が網戸越しに言った。「花ちゃん、入らないの」「うんもうすぐ入る。脱皮、これ?」「ほら、大きい方のカメ、見てごらん、甲羅、お尻の方。あっ、こらメイちゃん! そこは夏にミョウガ出るとこだからあんまりほじくり返さない!」カメ太郎の背中の後ろの方、黒っぽい甲羅の縁が一片、かすかに白っぽくなっている。単に色が変わっているのかと思ったがよく見ると甲羅の表面が薄く剝がれようとしているのだ。もっとよく見る? と言いながら、伯母がサンダルで出てきてケースの上のレンガをどけ金網を外した。間にガラスがあったわけでもないのに急にカメの色艶が変わって見えた。首筋や手足にある細かい縞模様の色の濃淡がくっきりした。「そうやって甲羅の上が模様ごとに、剝がれんの。その、剝がれたのがその、水の中のやつ」私の子供が手を伸ばしてその剝がれた水中の一片を取ろうとした。カメ太郎がぐうっと首を反らすように動かした。「危ないっ」伯母が叫んだ。子供はビクッと手を引っこめた。「なーちゃん！　カメはね、動くものをエサと間違えて食べちゃうから。結構力も強いから、嚙まれたら怪我する。ここに手をつっこむのは、なし、なしよ！」子供がぶるぶる震えうわーんと泣き出した。「あれ。怒ったんじゃないのに。なーちゃん。なーちゃん。オバちゃんは怒っていませんよ！」「ごめんごめん。この子すぐ泣くから……」私は子供を抱き上げた。「びっくりしたね。悪気はなかったね。危ないの注意してくれただけだからね」「ありゃまあ。繊細ねえ。さすが花ちゃんの子」「どういう意味？」「あんたも泣き虫で。ほらお正月、まだオーおばさんが生きてたころあんたが数の子を」「お、ばあちゃーん！」伯母の声を遮って姉妹の声がした。「カメ、いた！」えええっ、と言いながら伯母がそちらに向かった。私は子供に「カメ、いたってさ。見に行こう」子供は泣きながらイヤイヤした。私のシャツの肩はグシュグシュに濡れ一瞬温まりすぐ冷え始めた。私は子供の涙を自分の服や肌で受けるようになって気化熱というものの感覚を更新した。「どこにっ」「パセリの中！」「ほら！」「アッ！　本当だ！」みてみる、と小さい声で子供が言った。「なーちゃんもみてみる」「そうだね、行こう行こう」子供は私の反対側の乾いている方の肩に顔を持って行って濡れた頰を拭った。「ほら見てごらん、なーちゃん、ここに！　カメが！」庭の隅のパセリの茂み、濃い緑色がぼさぼさ生えてその中心から硬い蕾のついた太い花芽が突き出ている。伯母が金色の結婚指輪をした指でその花芽をかき分けた下に、黒い緑色のカメがいた。「本当だ」「ね!」「えらいえらい!」伯母は手を叩いた。「あんたたちお手柄!」「おばあちゃん適当だよ、こんなとこも探してないなんて」「探したよ。でも、そん時はここにいなかったの。ああでもよかった。ありがとうありがとう」伯母がよっこらしょと腰をかがめてカメに手を伸ばした。私の子供が身を硬くしたのがわかった。私は片手で背中をトントン叩いてやった。「持つ時は、こつがあるんだよ、場所っていうか、多分」伯母は片手で甲羅を上から覆うようにしてカメを持ち上げた。そして、おーよしよし、カメ吉よい、などと言いながらそれをさっきのケースに戻そうとして「あれま。今度はカメ子が逃げようとしてる」レンガの上にいたカメ子が、私たちのために金網が外されたのをいいことにすでに前足でケースの縁をとらえ今にも身を乗り出さんとしている。「ほんとにあんたたちは、まあ」伯母は手に持ったカメを水の中にぼちゃんと落とし、そして逃げ出そうとしているカメをレンガの上に戻した。「あれ?」こうして三匹並べて見ると、姉妹が発見したカメは小さい。今逃げようとしていたカメの方が二まわりくらい大きい。「伯母ちゃん、これ、逃げたのって一番小さいやつだったんじゃないの? だから、カメ子か」「ええ?」伯母は首をかしげた。そしてケースの中の三匹を見下ろすと「もうわかんないわね、どれがどれだか」と言ってカラカラ笑った。私の子供はさっき嚙まれると言われて泣いたくせにまた指を出して縁が浮いている大ガメの背中の一片を剝がそうとしている。その後部屋に戻っておやつを食べ子供らはまた庭で遊び夕方になりもっと遊ぶとごねる子供をなだめて家に帰った。筍をもらって帰るのをすっかり忘れたと思っていたら夜になってインターフォンが鳴り伯母が春巻きを盛り上げた大皿を持ってやってきて「揚げたて。筍入り」と言った。「おいしそう、ありがとう」「ああそれと、その皿、ロイヤルコペン、あんたにあげる。早いけど形見分け」「ええ? それは早すぎる」伯母はひゃひゃひゃと笑いながらエレベーターの方に向かった。春巻きはまだ温かく豚肉と茹で筍と三つ葉がぎっしり入っていて二本食べると(子供は一本)もうほかになにも入らないくらい満腹になったが今が一番美味しいしと思い私はもう一本食べた。

けれど五月の夜もまた美しい。賑よかで柔らかい。冷気もなく熱気もない夜の空気。そういう時にひらくパーティーはどんなものになるのだろう。

半ドンでパン

半ドンでパン

学校が半ドン、でパン。だから土曜日は好き。最高。いまだにそう。パン。パン、と思うほど気持ちが盛り上がる。

当時もう半休を半ドンなんて言ってる同級生は知る限りひとりもいなかった。でも土曜日の私はいつもひそかに心のなかで、今日は半ドン、とぶち上がっていた。小さい頃、お父さんがいつもそう言っていた。明日は土曜日か、とまるでいま気づいたように口にすると、私に向かって、明日は学校半ドンじゃないか！　と芝居がかった調子で言う。いいなあ、おまえ、と頭や肩をつかんでくる。お父さんは毎週はじめてみたいにそんな言いかたを繰り返した。私もそう言われるのが嬉しかったから、毎週はじめてみたいに、それを聞いて、笑って、よろこんだ。

晴れた日の、全面に日の光が差した白い砂の校庭から、体育館の横の通路と、そこから渡り廊下でつながった校舎の方を眺めているのが、私の半ドンの土曜日の映像で、通路と渡り廊下にはトタンの屋根がついているから日陰になっている。そこで汗をかいた誰かが休んでいる。

姿は見えないけれど、下校しつつある子どもたちの声も遠くから聞こえている。もう一時間もすれば、校内から子どもたちはいなくなる。先生たちも静かな職員室で仕事を片付けて、ひとりふたりと自動車に乗って帰っていく。

私の通っていたどの学校も、校庭と校舎の位置関係がそんなふうにはなっていないから、それは私の通った小学校でも中学校でも高校でもないから、あれはいったいどこなんだよと思うけれども、私の頭に勝手に思い浮かぶものを、私は全然とめられない。その知らない学校の映像が浮かべばもうパンの匂いがしてくるし、母親と弟と一緒にパン屋さんに向かう道の、道ばたの壁とか草とか地面とか全部がいまこの瞬間を自分と一緒によろこんでくれるみたいだったその映像も子どもたちの目の高さで思い浮かぶ。

私が好きじゃなかった中学のときの社会科の清白《すずしろ》なずな先生は、くだらないことばかり考えてないでちゃんと授業を聞きなさい、窓の外ばかり見てないで黒板を見てノートをとりなさい、みたいな、古くさい嘘くさい学園ドラマの先生のセリフみたいなことを真剣そうによく言った。別になにを言っても構わないが、その言いぶりまでまるでなにかの役を演じているみたいに芝居がかっているのがいやだった。

私はむかしもいまも、言いぶりにこだわる人間なのだ。言いぶりさえよければ、言っている内容はなんだっていいくらいだ。清白なずな先生がつまらないセリフを言うたびに、それを聞いてる自分がかなしい気持ちになった。恥ずかしくなる。私たちの生きていてこれから先大人になるまで続いていく現実、みたいな気持ちにもなった。それをひとことで言えば、いたたまれない、という言葉かもしれないけど、その頃はそんな言葉は知らなかった。私はいまでも、いたたまれない、と思うと、痛たまれない、という字になる。清白なずな先生を思い出す。私はきっと痛かったのだ。

だから清白なずな先生は好きじゃなかったけれど、こうしてたびたび私の頭に勝手に浮かび上がってくるというところが、そのほかの名前も顔も曖昧になって消えた、つまり全然思い出されることのない先生たちとは違う。清白なずな先生が私の記憶のうちに確かな居場所を占めているのには、好きじゃなかったというだけではない理由がある。その理由がまた勝手に思い浮かんできて、パンの話が先のばしになる。私はいますぐパンの話をしたいけど、どんどん違う方に連れていかれる。

社会科を教える女性教員はほかの教科とくらべて少なくて、だからいろいろ大変なんだよね、と清白なずな先生がこぼしていたことがあったのを、私はどうしてか忘れられずにいるのだ。授業中は嘘くさい言いぶりばかりの彼女の、珍しく実感のこもった、襟懐を開いたような声の調子だったから、ふだんの印象とのギャップもあって、そのときのその言葉は、私の心を少しだけ打ったのかもしれない。そのひと言がなければ、彼女もほかの多くの、いまや名もなき先生たちと一緒くたにされて、こうしてなにかの拍子に微妙にアンビバレントな印象をともないながら思い出されることもなかったのかもしれない。

そのひと言を聞いたのがどんなシチュエーションだったかは、はっきり思い出せない。授業中の、ふと訪れた気の抜けた合間だったか、職員室とか廊下でなにか話をしたときだったか。私にはそれがまるで土曜日の放課後、お腹の減った下校前の、パンの匂いのしている晴れた日だったように思い出されるけれど、それは記憶とは違う。全然あてにならない。思い出すことと、覚えていることと、もう自分では思い出せない事実は、全部別々で、違っている。たしかに清白なずな先生をのぞいて、私が授業を受けた社会科の先生たちはみな男性だった。私は、清白なずな先生の言っていた大変さを具体的に知っているわけではなかったけれど、その後社会科の男性教師を見るたびに、なんだか清白なずな先生の恨みを果たしたいような気持ちになって、私は自分の席から教壇の彼らに向かって、念を送るみたいなことをしていた。

家を出る前は、今日、こんなに清白なずな先生のことを思い出すなんて、思いもよらなかったので、私は少し動揺しています。いまはその思いがけなさを、歩道のベンチでビールを飲みながら味わっています。驚きと、お酒の酔いとを、思いもよらないことばかり思い出す頭と体のうちで混ぜています。私はお酒は嫌いじゃないが、めったに飲まない。ときどき、こうして思いがけない事態や出来事に出くわしたとき、コンビニなどでビールを買って、麻薬でもキメるみたいな気持ちで、全身で飲む。体に入れる。それで、頭のてっぺんあたりから、空気を抜くみたいに、なにかが抜ける。かもしれない。

植え込みと柵を隔てた車道を、自動車やバイクや自転車が、走り来て、走り去っていく。そのひとつひとつの色や形が、鮮明に、いろいろの意味や予感のように映る。私は、こころのなかで、それらを全部呼びあげていく。歩道の側では、座っている私のすぐそばをいろんなひとが通り過ぎていく。初夏の気持ちよく晴れた土曜日のお昼、なかには半袖の服装のひともいた。清白なずな先生は、多くはやぼったいTシャツやポロシャツ、それかジャージ、それかスーツ姿だった教員たちにくらべて、いつも少ししゃれた感じのするシャツやブラウスをよく着ているのが素敵で、その服装に対する好感と、あの嘘くさいものの言いぶりに対する嫌悪感とが拮抗していたのだけれど、なんだか思い出せば出すほど、私は清白なずな先生を嫌いじゃなかったみたいな気持ちになってきて、それは過去の自分への裏切りみたいなことになるのだろうか。私は通り過ぎていくひとや車や予感を全部呼びあげて、言った端から忘れていく。清白なずな先生の素敵だったシャツの繊維の網目をくぐり抜けるような気持ちになって、もういまはこれ以上清白なずな先生のことを考えるのはやめよう、私は立ち上がって、パン屋に向かって歩き出した。パンを買いに行くのだ。私の今日のお昼ご飯を。清白なずな先生という名前はもちろん仮名だけれど、私と同級生だったひとがこれを読んだなら、きっとすぐにピンとくるだろう。

私の部屋から、いつものパン屋さんまでは歩いて五分ほどで、その道のりもだいたい決まっている。住宅街から大通りに出て、その通り沿いにある小さなパン屋。そこに行こうというだけで、こんなにたくさんの言葉が、たくさんの記憶が、私のうちにあらわれるし、長くない道のりの途中でビールまで飲んでしまった。そのパン屋さんは、店構えも、並んでいるパンも、働いているひとの雰囲気も、特段おしゃれというわけではない。けれども、であればこそ、むかし、パン屋さんがパン屋さんというだけでなんだかそこはかとなくしゃれたものであるかのように感じた、舶来、みたいな懐かしい雰囲気がそこにはあった。

店に入ると、パンの焼けたにおい、バターと小麦粉のにおい、そして発酵した生地のにおいがする。売り場の棚に並んだパンの表面はつるりと張って光っている。その光が店内を、そして店内にいるお客さんたちの頬や瞳を明るく照らす。薄く焼けた表皮はわずかな力が加わればば破れて、白い生地とその隙間にある無数の気泡があらわれて、とじ込められていた温みと香りがたちのぼってくる。まだ食べていないパンのにおいや味が思われて、いてもたってもいられなくなる。棚に並んだひとつひとつ異なる色形のパンを眺めるよりもまず先に、その空間のぜんたいに私は、土曜日、と思う。私にはそれだけでこと足りる。よろこびとか、幸福とかいう言葉が必要ない。土曜日と思うだけで、半ドンのお昼に一瞬で引き戻される。

先に店内にいたお客さんたちのトレイには、すでにいくつものパンが載っていた。入り口の右手から、パンの並んだ棚がコの字型に並んでいて、中央には平台が、奥にレジカウンターがある。平台にはバゲットがさしてある深いカゴと、焼きたての札が添えられた惣菜パンが並んでいる。惣菜パンの平たい円形の真ん中には、たとえばコーンとマヨネーズが、たとえば卵とベーコンが、チーズとハムが、あるいはきんぴらなんかが載っていて、パセリやブラックペッパーがふりかけられ、それをパン生地の艶のある肌が囲んでいる。棚に目を移せば、カレーパンが、ピロシキが、油をくぐった衣を鱗みたいに跳ね立てている。カレーパンはアーモンド型で、ピロシキは太鼓型に近い楕円形で、トレイの上に同じ角度で整然と並べられたその表面は、まだ熱い油のなかにいるみたいに輝いて、見ているうち刻々色も質感も変化する。一方、バゲットの肌は、実際にはまだ温かいのかもしれないが、すでに硬く乾いて鎮まっている。窯に入る前に表面に入れられる斜めの切れ目、それはクープというのだけれど、これが焼かれるうちに膨れた内側から花が咲くみたいに開いて、あの模様をつくる。クープのまわりの表皮の部分だけ、わずかな照りを残して焼き上がる。この店には、近年人気で専門店も増えつつあるいわゆるハード系のパンは多くなかったが、バゲットの横には、ずんぐりした丸形で固い外皮を持つフランスの田舎パンもあった。こちらはその見かけもあってか、バゲットよりもいっそう泰然とし、焼きたての札があるにもかかわらず、もうずっと前からそこにいたみたいな落ち着きがあった。やはり表面に入れられた切れ目は、バゲットよりもさらに開いてほとんど凹凸のないドーム状で、切れ目を入れる前に振られた打ち粉が残る白い部分と、焼けるうち切れ目が広がった茶色い部分とで、模様をつくっている。パン・ド・カンパーニュ、と値札にある。フランス語で、田舎のパン、という意味である。Pain de campagne. 半ドン de パン。私の土曜日。私の土曜日はフランス語でなんて言うのだろう。菓子パンの並ぶあたりにいけば、いちばん目立つところには、アニメのキャラクターの顔をしたパンがあって、私の前にいた縞々の服を着た女性は、お子さんがいるのだろう、そのパンをひとつトレイにとった。アニメの顔のパンの横には、メロンパンがある。上部を覆った格子模様の入ったビスケット生地はもろくてすぐに割れて崩れそうで、くるまれた端の余った部分が実際に少しぼろっと剝がれ落ちているのを見つけただけで、その欠片が自分の口のなかにあるみたいに甘くなる。私はアニメの顔のパンは買わないけれど、そういう目と口が連動する想像力は、子どもの頃とさして変わらない。美しい饅頭型のてっぺんに芥子の実をちょこんと載せたあんぱんの薄皮は、ほかのどのパンよりも淡く静かな光を放つ。時間の経つにつれ張りを失って少しひしゃげてきた頃に、真ん中からふたつにパンを割る誰かがその薄皮を破くだろう、それが私であればいい。私はあんぱんを買う。むかしは、そうやってあんぱんを買いたいと思っても、最終決定権は私ではなく母親にあった。すでに違うパンを選んだあとに、あんぱんがよかったと思っても、先の選択をくつがえすのはとても大変なことだった。

私の前にレジでお会計をした縞々のひとは、家族何人かぶんのお昼ご飯を買いにきたのだろう、アニメの顔のパンだけでなく、いろんな種類のパンを、たくさん買っていた。全部で、二千円ぶんくらいだった。うらやましい。私はひとりだから、そんなにたくさん買えない。買っても食べきれない。私が買ったのは、あんぱんと、六枚切りの食パン一斤だった。

私はむかしの私と違って、もう学校にも行っていないし、両親とも兄弟とも、他の誰とも暮らしていない。けれども変わらず毎週土曜日はやってくる。土曜日はもう半ドンではない。というか土曜日は休みで、たいてい午前中は眠って過ごしてしまい、起きると昼くらいになっているドン。今日もそうだったドン。明日は日曜日で、明後日は月曜日だが、しかしそれでも今日は土曜日だドン。土曜日のたびに、私は私の土曜日を思い出すドン。たとえばこうして書いたみたいな。あるいは今日は思い出さなかった土曜日もあって、それは今度の土曜日に思い出すかもしれないし、思い出さないかもしれない。それは土曜日にならないとわからないけれど、いろいろな土曜日がこれまであったし、今日も含めた土曜日がこれからも増えていく。パン屋からの帰り道に、さっき座っていたベンチの近くで、すずめが地面のなにかをついばんでいた。私はふだんよりもすずめがやけに大きく、近くに見える気がして、止まってすずめをしばらく見ていた。すずめが大きいのではなく、私が小さいからそう見えたのだ、と立ち上がったときに顔や体に受けた風の強さでやっと気づいた。私は今日は、帰ってパンを食べて、それ以外に特になんの予定も用事もない。ドン。

　私のことを知っているひとがこれを読んだら、驚くかもしれない。私はふだんこんなふうな言葉づかいや話し方をしないから。私も、これはまるで私の言葉じゃないみたいだと思う。けれども今日は私はこうだった。清白なずな先生はまだ生きているだろうか。いまどんな話し方をしているだろうか。私は明日は、今日とは全然違う言葉づかいで話すと思う。ドン。

日々と旅

なんども乗っているはずなのに、飛行機がどうやって飛んでいるのか、未だによくわかっていない。そのしくみについて、なんとなくわかったふりをしたまま、にもかかわらず多くの人を詰めこんだ金属の塊が空を飛ぶことに本質的には納得をしていないまま、私は離着陸をくりかえしてあちこちに旅をしている。

似たようなものはほかにもいくつかあって、たとえば小指の先ぐらいの大きさの、何時間ぶんもの音楽や映像を記録できるマイクロSDカード、二台のスマートフォンを振るとお互いのアカウントが認識されるギミック、昔のものだと、電池がなくても聞こえる鉱石ラジオとか、電話ボックスの中で公衆電話が鳴っている現象とか。

たまに、ひょっとしてこの飛行機の窓から見える真っ白く晴れた風景、下に広がる海や山は、全部ただの映像で、本当はその外では、飛行機をガタガタと傾けたり揺らしたりしている間に機体の周りにいる人たちが大急ぎでその世界の風景や大道具、小道具をすっかり変えて、自分たちも着替えて変装し、さも飛行機が別の世界にやってきたかのようにふるまっているのかもしれないと考えることもある。

着地して入国審査を済ませ、荷物が流れてくるコンベヤの動くベルトをじっと注視して、自分のものか確実な自信がないまま、ちょっとおどおどしながらも思わぬベルトの速さに慌てて引きずりおろす。外に出て、コンビニを探し、プリペイドのカードを買って入金し、電車かあるいはバスの乗り場を探す。

その場所が自分の生活をしている場所とまったくちがう場所だということを疑いもせず。もしくは、その場所にいるはずのない私と、ちがう場所にいなければならない私が、同じ場所にいると、まるで想定の勘定に入っていることもなく。

九日　昼　東京

芯の中に空気の圧力をかけてあるボールペンというものがあって、そのペンは寝転がっても水の中でも書くことができるらしい。このペンがあればお風呂やお布団の中ででも書き物ができるんじゃないか、と考えたらそのボールペンがとても欲しくなった。

ネットで調べはじめたら、そのボールペンの値段やデザインよりも工場の様子のほうが気になった。ボールペンの工場では機械によってずーっと紙に線が引かれていて、かすれやどのくらい長く書けるかのチェックをし続けているらしい。見ていると、文字を書く機械があったほうがいいように思えてくる。ペンは線を引くためだけの道具じゃないような気がするし、使う人はこんな機械のようにしっかりとペンを持たない。ためらったり急いだり、考えごとをしながらひらがなや漢字、英語を混ぜながら細かい字を書いて、ときには線を引くのがボールペンだ。

ただ実際、遠い先に可能性がないとは言いきれないけれど、少なくともいまお風呂で書くことも、寝ながら書くこともとりあえずほぼ必要がない。

でも私はそのペンをとても欲しいと思っていて、同時に買うことをためらっていた。特別に高価というわけではなく、そのボールペンは野外のような過酷な環境で使うことを前提にしているためか、デザインが武骨だった。それに特殊な替芯がどこでも簡単に手に入るというわけじゃなさそうなことも、購入を迷う理由だった。

気がつくともうずいぶん長い間、圧力ボールペンについて検索を続けている。

九日　夜　ソウル

東大門にある居酒屋に大きめのフラットテレビが置いてあった。小ぎれいではあるけど昔からありそうな、屋台の造りをそのまま店の中に作ったような殺風景な居酒屋。そんな店にあるにしてはずいぶん未来ふうな、薄くて軽そうな液晶画面だった。そのバランスの悪さがいっそう未来っぽく見えた。

この街に来るたび思うのは、この時間、このあたりの居酒屋のテレビで見られているのはほぼ韓国国内のプロ野球リーグの試合中継なんだということだった。緑の瓶の焼酎を飲んでおしゃべりに集中していて、店の中にいる人たちはしっかり試合の行方を見まもっているわけではなく、店は動く壁紙みたいにして試合中継を流しっぱなしにしている。

画面を横目に見ていて、マウンドにいたのが去年横浜に在籍していたウィーランド投手みたいな投げ方をする外国人先発に見える、と思いながら見ていたらウィーランド投手だった。

日本でも毎日野球ばかりを見ているわけではないのだけど、なんとなく眺めているだけでも色々わかってくるものだな、と思う。

ビルの間、遊歩道になった真ん中に川が流れている。噴水みたいな水の動きを楽しむ部分もある。ささやかな川だ。昔は汚い川だったのだ、と昔教わったことがあったが、だれに教わったのかは覚えていない。

九日　夜　東京

新宿三丁目の地下にある居酒屋から階段で出てくる場所、せませましい出入口前の歩道で、十人前後の人が溜まっている。解散の前の名残惜しさとか、ぼんやりとした余韻の中で全員がそれを楽しんでいる。自転車がちょっと不便そうに、なんなら軽く不快そうに、その塊を押し分けながら歩道を進んで通り過ぎていった。

しばらくして幹事らしき人物が会計を終えて出てきて、さらにお手洗いに行っていたひとりが出てくると、なんらかの挨拶を誰かが先導して、それから駅へ向かったり、まだ次の店に行きたい人はなんとなく団子状になったりしてゆらゆら残っている。そういう状況。

十日　朝　ソウル

ホテルの部屋に用意されていたチョコレートが、なんだか変な味だった。取り立てて食べられたものじゃないほどまずい、というわけでもないのだけれど、ちょっともそもそしていて、チョコレートでないものをそれっぽく、チョコに見せかけて作った塊みたいな味。でもカカオはようするに豆だし、本来このくらいもそもそしているものなのかもしれない。

ほかに部屋の中に用意されていたのは、五百ミリリットルのペットボトル二本、ティーパック、インスタントコーヒー、スティックシュガー、それとタオルやアメニティ類。
朝食は、一階のカフェに用意されていた。ロールケーキと、なにかごま油と豆の混ぜご飯のようなものが大きなボウルに入っている。カウンターにはインスタントのカフェラテが入ったスティックパックと小さいカップ麺、電気ポット、保冷容器の中にヤクルトが何本か並んでいて、どれでも食べていいらしかった。こういうふうにいろんな食べ物や飲み物が並んでいる風景は、朝から多幸感に溢れている。でもホテルは市場もある繁華街に近いので、朝ご飯をここでお腹いっぱい食べるのも気が引けた。

十日　夕刻　東京
朝まで作業をして、仮眠をしてから神宮に野球を見に行った。入場券とパスモだけポケットに入れて手ぶらで出てきてしまったので、途中コンビニでしか買い物ができないことに気づく。朝からずっと何も食べていなかったのでサンドイッチを買ってから、店員さんにうっかり、
「袋いらないです」
と言ってしまった。手づかみで三角のサンドイッチを持ち、神宮まで歩く途中で、そういえ

ば野球場、とくにプロ野球の試合の前に入る客に対しては、手荷物検査があるんだったということを思い出す。

無線をつけた警備員が手袋をはめた手で、入場する人たちに鞄を開けてください、ご協力ありがとうございますと言いながら手際よく中を調べる。缶のジュースとかビール、ほかに投げつけられて危険な物を持ち込んでいないかを確認するためだ。鞄を見せください、と言われて手でサンドイッチだけつかんでいるのはどう考えても妙だろうけれど、かといって突っ込むポケットもない。

警備員さんにすまなそうな顔をしながらサンドイッチだけ見せて、警備員さんもすまなそうな顔をしながらサンドイッチを受け取ってから軽く確認し、返してくれる。

球場に入って自販機でお茶を買い、席に着いて守備練習を見ながらツナとレタスのサンドイッチを食べた。

十日　昼　ソウル
泊まっているところよりちょっと大きい、おそらく有名なホテルの入り口に集合という指示があった。ロビーで待っていると、日本語ツアーのガイドの女性が申し訳なさそうに、

「今日、日本人はあなただけです、本当に行きたいですか」

と穏やかならぬ念押しをしてきた。

「一台のバスの中に三十人以上いないと、ゲートを通れないです。英語のツアーに混ざらないと」

「元々英語のツアーでもいいかなと思っていたくらいなので」

と答える。私は日本語のわかる彼女と一緒に、英語ツアーのバスに混ざることになった。乗客はアメリカ人だけでなくおそらくインドあたりからの人もいた。

軍事地域は団体での見学のみ許可されるシステムで、個人旅行者が見ることはできないらしい。事前に調べていたので、そのために前もって普段まず利用しないガイドツアーを申し込んでいた。

けっきょく英語のガイドと日本語のガイドをどちらも聞くことができたので、これはこれで楽しかった。あまり韓国の歴史を勉強してこなかったために、話を理解するには今まで見たすべての韓国映画の内容や、感想を自分の頭から引き出しながら照会する必要があったけれど、それすらも悪い経験じゃないと思えた。

危険物の持ち込みは当然、写真撮影すら禁止されているので、荷物を預け持ち物を検査されゲートをくぐり、ヘルメットをかぶらされた。ひんやりとしたトンネルに入る。地続きの、しかも休戦とはいえ対立状態にある国どうしの境界線には、トンネルが掘られるものなのだろう。これはなんの軍事知識のない私でさえ想像がつく。
手作業で掘ったものすごく長いトンネルは、狭くて、ぼこぼこしていて、水があちこちからしみだしていた。進みきった突き当りはふさがれていて、そのコンクリートの充塡された壁面を確認して戻るだけの観光だった。

十一日　昼　東京

しばらく前から左手首の甲側に瘤のようなものが育っている。特に痛いわけではないが、手首を曲げるとなんとなく違和感があった。インターネットで調べると、このまま瘤が大きくなっていったら注射をして抜く必要があるけれども痛みがないなら大した問題にはならないというような日記がいくつか読めたので、そんなことでいいのかはよくわからないけれど病院には行っていない。どうせ痛みが増しても左手なので書き物には心配ないだろう、と思いかけて、今はキーボードでも書いているから、昔よりも書き物をする人にとって左手は重要なんだということに気づく。左手が動かしづらくなったらペンだけにするか、もしくはフリック入力にするか。そうなったらいよいよ、寝ながら使えるペンの出番だろう。
ベルが鳴って、玄関を出るとアマゾンからの荷物が届けられた。

十一日　昼　ソウル

現代美術館の入り口の前、それが作品なのかどうかは不明だけれど数字や記号が点滅している。ひょっとしたら案内板で、お知らせが表示されているだけなのかもしれないし、現場作業など必要な誰かにだけ向けた目印かもしれない。また、特に誰に知らせる意味のない羅列かもしれない。現代美術において石ころを見たら作品と思えというのは基本ではあるけれども、美術館に一歩入ったら、それが本当に美術作品かどうかを自分が選別する必要があるのだろうか。

十二日　午後　東京

成田から高速バスに乗って渋谷、電車に乗り換えて家に帰る。渋谷駅のそばにも川が流れているが、きれいかどうかは疑わしい。ただ、人が多くいるところには川が流れているものだ。たとえば横浜や、お茶の水も。

普段たいした郵便物も届かないくせに、こんなときだけいろいろなものが溜まっている。中に不在通知が混ざっていた。おそらくボールペンの替芯だと思う。手に入らないことを心配するあまり、軸よりも先に芯のほうをダースの箱で注文してしまった。空気の圧力のかかるボールペンの、芯の部分だけが届いたところで使いようがない。私は左手の手首を二、三回曲げて確認してから不在通知を持ちかえ、右手にスマートフォンを持った。

午前中の鯱

大き過ぎるくらいがいいのよ、と母が言った。成長期ですからね、と洋品店のあるじも言う。私はこれから体が大きくなる。中学生の三年間ずっと止まらず体が成長したとして、この制服のサイズが完璧に合う一瞬を私は見逃さずにいられるだろうか。

しつけ糸がついたままのスカートの襞の角を指の腹で撫でる。いやに白い丸襟のブラウスと濃紺のジャンパースカートにボレロ風の上着。上着に内ポケットがついているのは気に入った。警察手帳を「さっ」と取り出すテレビドラマの刑事を思いうかべる。煤けたアパートのドアの隙間に、金のマークがついた縦型の手帳をパカっと開けながら差し入れる。部屋の主《ぬし》である寝起きの老婆は困惑している。中学校生活への想像はさっぱりつかなかった。

入学式の日は、芯のほうに冷たさの残る春特有の晴れだった。祖父が戦後のどさくさに紛れて安く買ったのだという土地に建つ、変化を嫌う祖母が改築を許さない古い木造家屋は春の光にあたりいつもよりは白く見えた。坂沿いに建っているので、車道からは石段を三段上がる。庭と道路を隔てる金網から薄紫のダイコンバナが何本か飛び出し、祖母の埃色のカーディガンからはこもった部屋のにおいがして庭の青臭さと混じる。もう中学生だなんてねー、信じられないわー、としみじみ言う母は、襟のない地味な紺色の、おかあさんですよ、てかんじの服を着ている。私も中学生の服を着ている。父が仕事で留守なのはいつものことだった。母が百均で買ってきた手のひらサイズの三脚をスマートフォンに取り付け、向かいのコインパーキングの低いブロック塀に立てる。しゃがんだらスカートを踏んでしまったが三十秒のタイマー撮影を設定した。石段に並んだ三人の中で、愛想笑いができるのは母だけだ。

入学式への道順は母が選んだ。家の前の細い坂道からすぐバス通りに出る、大回りだが傾斜が緩やかで人通りの多いルート。

「ねえ、お母さんは武者さんちの前通るときはどうしてるの?」

「武者さんち?　ってどこ?」

「あの坂を上って右ちょっと行った、すごく吠えるシェパードのいる」

「シェパード?　いたっけ。」

シェパードは二匹いる。どちらも吠えるので見分けはつかない。門の前を誰かが通るときにどちらかが見える範囲にいると吠え、その声に呼ばれてもう一匹も走り出し大きな鉄の門の向こうを左右に行き来し始める。通るときは、見つかる前にダッシュで駆け抜けるか、見つかったらとにかく早く彼らの視認範囲から逃れるためにダッシュで駆け抜ける。大人がダッシュをしているのを見たことがないけど、シェパードの前でも走らずにいられるのだろうか。

あの薄暗く刺激的なルートのことを、私たちは「獣道」と呼んだ。シェパードの前を走り抜けると、次に現れるのは鯱《しゃち》だ。歩道と車道を区切る白線は陸でアスファルトのグレーは海、と言い始めたのはあっちゃんだった。それがよくある遊びだと知ったのは小学校に上がってからで、けれど私は鯱のことをあっちゃん以外には話したことがない。

あっちゃんは母の弟で、幼稚園生の私をよく迎えに来た。手をつないで歩きながら、幼稚園の裏手にテレビでよく見る心理学者が住んでいることや、インドでは爪を六十二年も切らない人が尊敬されていることなんかを教わった。私はお返しに、長靴に入った泥水がしばらく生きていることや裏庭で見つけた食虫花の場所を教えた。

二人でダッシュして武者さんちの前を過ぎる。あっちゃんは足が速いので、私のことを数秒待つ。

海の手前にさしかかると私たちは手を離し、前後に並んで白線の上を歩いた。左のつま先に右のかかとをつけたら、今度は右のつま先に左のかかとをつける。白線の陸地をじっとみると、視界の端にうつるアスファルトの粉っぽく黒い海は、冷たい泡を立てながら揺れ、道幅の半分を占める鯱の背中の影だけが濃くなり、ぬ、と現れ、潜り、陸の下をくぐり抜ける。移動の余韻で白線はタプン、と波打つ。鯱は私たちに気付いている。あっちゃんはふざけて私の肩を揺らす。

「命の価値をなんだと思ってるの」

足が震えるが落ちたことは一度もない。

育ちのせいか、あの人にはだらしないところがある、と母のことを言うとき、祖母はいつも私ではないところを見る。彼女の視線をたどってお菓子の徳用パックやテレビショッピングの画面を見ると、祖母はさらに視線を移動させる。使い込んで堅くなった黄土色のカーペット、木目の壁紙、ふすま紙にチラチラと入った金色の糸。

母とあっちゃんは早くに両親を亡くした。そのあとは親戚の家にいたらしいが、母はあまり詳しい話をしたがらない。その年頃の男女の姉弟にしては二人は仲がよく見えた。あっちゃんは同じ家には住んでいなかったが、食事をしに来たり、居間でなにか書き物をしていたし、母や私と冗談を言い合うことも多く、部屋から滅多に出てこない祖母と仕事で泊まりの多い父と比べて私にとっては親しみやすい存在だった。

「それ、ちょっとへつらして」

あっちゃんは魚が好きだ。特に煮魚の目玉のまわりのゼラチン質を人の分まで食べたがった。

「へつるって、方言なんだって」

「えーうそ、どこの？」

「使ってるのに知らないの？」

「引っ越し多かったからなあ」

金目鯛の頭が盛られた私の鉢に黒い箸を延ばし、あっちゃんは半透明のぷるぷるした部分を摘んだ。テーブルクロスにぽつん、と煮汁が一滴落ち、それ以外はあっちゃんにつるりと飲み込まれる。

「いちばんおいしいとこ全部食べたー」

「いいでしょ。コラーゲンて食べても肌がきれいになったりしないらしいよ」

「肌がきれいになりたいわけじゃない」

「佐和はもともと肌きれいだもんね。七歳だから」

ピンク味を帯びた私のものに比べると冷ややかな褐色のあっちゃんの肌はとてもきれいだ。

「惇彦もようやく仕事がもらえるようになってきましたから」

十歳になったころ母が祖母に話すのを聞いて、私はようやくあっちゃんも仕事をするような大人だと知った。「面倒見たのはえらかったとは思うよ」という祖母の口調は相変わらず湿気た徳用パックの菓子のようだった。

時折雑誌や新聞にあっちゃんの写真が載り、母が切り取ってファイルに綴じた。我が家の居間でしていた書き物は遊びではなく、「社会」についてのことだという。小学校で習う社会科では近所の商店街の地図を描いたりしたが、もっとずっと広い範囲のことらしい。私の世界は東は衒学洞公園まで。北は線路、南は東條寺川。あっちゃんが我が家の居間で書き物をすることはなくなったが、鯱はずっとあの道を泳いでいた。

入学式の次の日は教科書販売だ。あいうえお順に名前のシールが貼られた机が並び、席に着くと同じ小学校出身の亜美が話しかけてくる。話す相手がいることにほっとした。

「ねえ、あの一番後ろの席の男子、かっこよくない？　窓際の列」

皆同じ服を着ているので、よくわからなかった。

「ちょっと背が高いね」

亜美はそれを賛同だと取った。

「でもさあ、かっこいいって私が最初に言ったからね」

競争だとは思っていなかった。

小学校では皆、異性のことをかっこいいとかおおっぴらに言うのを恥ずかしがっていたのに、中学校の教室に座った途端、ルールが変わったようだった。


まだ授業は始まらず、昼前には帰宅を促された。学校指定の鞄は紺色の合皮製で肩に掛けるには持ち手が短かい。教科書と副読本をすべて詰め込むと丸く膨れ、片手で持つと体が利き手側に傾いた。新入生たちが律儀に荷物を提げ、時折持ち替えつつ帰る様子はペンギンに似ている。大人がなにか眩しげに語るところの「青春」とかいうものはこれから始まるらしいのに、みんなずいぶん不格好になった。

一人なので「獣道」を通って帰った。心理学者の家の裏を通り、神社の境内を抜け角を曲がると武者さんちの端に出る。シェパードは一匹だけが門の側で眠っていた。荷物を提げた私が歩くと

「どた」と音がして、シェパードはすぐに跳ね起きる。私は吠え声を今までになく長い時間、浴び続けた。それは五秒間ほどだったが、嚙んだ奥歯が一ミリはすり減った。

そうして鯱の海の端に着く。いつものように白線を踏んだ。黒いローファーは堅く、踏み込むとしならずにかかとが抜ける。左に少し踏み外すと、ローファーの隙間にアスファルトの飛沫が進入する。じわりと靴下にも冷たさが染みる。左足のかかとに右足のつま先、右足のかかとに左足のつま先、鞄と制服の重みで白線がたゆむ。スカートの襞は海面に影を落とし、鯱を刺激する。海中の影は次第に膨らむ。もはや道幅いっぱいに広がったそれは、私を背に乗せている。白線は鯱の背に張り付き革底の靴では踏ん張ることができない。靴を脱ぎ、靴下を脱ぐ。スカートの内側には飛沫が上がってきて、おしっこがしたくなる。

佐和ちゃん、と鯱が呼ぶ。久しぶり。鯱の声は思ったより高い。風船の表面をこすったような声。知ってる？ 鯱は社会性の強い動物なんだよ。声で仲間を呼ぶんだ。家族で生活するんだよ。鯱は跳ねる。私の何倍もある巨体は、空中で降りる方向を見定める。いつも上から見下ろしていたので見えなかった鯱の腹は白い。佐和ちゃん、大きくなったねえ。ああ、私は大きくなったのか。もう中学生だもんねえ。私はどんどん大きくなる。「これ以上？」道幅いっぱいになるのは私だった。

ぎゅうぎゅうに膨らんだ私の重みにとうに耐えかねた白線は伸びきったビニールみたいに浮いている。佐和ちゃん、佐和ちゃん、昼ごはんはキンメだって。海面から出た顔の半分で見回すと、あっちゃんが海の上に立っている。目のとこちょっとへつらして。私はあわてて自分の目を押さえる。塩水はもうすでに目の中にある。体は膨らみすぎてもう海底についてしまった。

このへんよく手えつないで歩いたよねえ。佐和ちゃんは想像力が豊かでさ、ごっこ遊びが真剣でかわいかった。

路地の端から手を振りながらこちらへ歩いてくるあっちゃんは、グレーに細かい緑やベージュの混じった生地の上着を着ていて、肌は少しだらしなく表面の艶は失われている。私が今道幅いっぱいに膨れていることは教えないことにした。脱いだ靴下を後ろ手に鞄に押し込み、あっちゃんの隣を歩く。帰ったら昼食だ。

誕生

暗い部屋だった。それに、むやみに広かった。一方の壁に私が寝ているベッドがあり、真向かいの壁にはテレビ台とテレビがあった。テレビの遠さは、点けるのをためらわせた。なんにしろ、リモコンは手元にはなかった。テレビは黒々としていた。テレビの斜め上に、絵が掛かっていた。テレビより大きな絵だ。金縁の額は左に少し傾いている。全体的に淡い黄緑色の階調で描かれた絵だった。草原で手をつないで輪になっているあまりにも大勢の少女たち。少女たちの髪は褪せた黄色の濃淡で、遠くにいる子ほど薄くなってほとんど白かった。ワンピースは揃いのものではなくて、腰が締まっているものもあればシーツをかぶったみたいなのもあり、無地のものもあればチェック柄や花柄のものもあった。けれど色は青とグレーと白と黄色のどれかだけで、そのせいで少女たちは草原と同化して消えていく寸前のように見える。

部屋が暗いのは、照明が少ないせいだ。天井には大きく三角形を描くように三つ、小型電球が嵌っているだけだった。夕方は、むしろ半ば開いたブラインドから入ってくる光が眩しくてたまらず、夫になんとかするよう頼んだほどだった。夫は手間取りながらやっとのことで羽根を閉じた。

「ここ、なかなかいい眺めだよ。明日見るといいよ」と夫は言った。私は返事をしなかった。まだ、ぴったり閉じたブラインドの羽根を押し上げるように侵入してくる光に苦しめられていた。窓はベッドの頭側の壁全面にあった。私は光を振り払おうと、何度も枕の上の頭を振った。それが、日が落ちて急に、部屋の暗さが気になりはじめた。私は夫に、そんなはずはないと言った。

「え、なに?」夫が大声で聞き返し、私の顔に耳を寄せた。お腹に力が入らず、私の声はか細かった。私はもう一度、こんなに暗いはずがないと夫に言った。

「でも、ここの照明ってこの三つだけみたいだよ」夫は部屋を横切ってドアのところまで行き、スイッチをぱちぱちと鳴らした。小型電球が慌ただしく点いたり消えたりした。そんなはずはないと私は繰り返した。これから夜になるのに。もっと明かりがあるはずだ、探して、と私は言った。

「でも、ないよ」夫は天井を見上げながら部屋をうろうろした。「この三つだけだよ」

それから、夫は私の指示でベッドの足側の壁に設置された洗面台の明かりをつけた。洗面台の明かりは、鏡の上辺につけられた長方形の薄汚れたプラスチックの箱で、点けてみるとそれがこの部屋のなかでもっとも強烈な明かりだった。足元から来るその明かりが、ベッドに横たわっている私の目を襲った。私は目を閉じてぐしゃぐしゃの残像に耐えた。

「消す？」夫が心配そうに尋ねた。

ベッドと洗面台のあいだに、トイレのドアがあった。トイレにも照明があるはず、と私は言った。ドアを開けて、それを点けて。私はまだこの個室に入ってから一度もトイレに行っていなかった。ベッドから起き上がってすらいなかった。私は股布がマジックテープで開閉できるようになっている巨大な下着を履き、分厚いナプキンを当てられ、尿管を通されていた。腕には点滴の管がつながり、両脚は血栓予防の加圧ポンプで固定されている。夫は私の言ったとおりにした。トイレの明かりは、部屋全体の明るさに多少は貢献した。

「このドア、開けたままにしておくの？」夫は不安そうだった。やっぱり閉めて、と私は言った。照明は消して、閉めて。

朝に破水し、昼過ぎに緊急帝王切開がおこなわれ、私はまだ半身麻酔のさなかにいた。手術台に寝かされたとき、私はしばらく、あまりの気まずさにおしゃべりをやめられなかった。服を着てマスクまでしたちゃんとした人々が周りに立って私を見下ろし、なにかちゃんとしたことに従事しているというのに、私は裸より多少ましといった恰好だったからだ。じきに、自分の下半身の様子さえわからなくなった。突然ですみません。私は早口だった。その、よくあるんですか、こういうこと。よくあるんでしょうね。そりゃありますよね。すみません。でも個室にしてもらえてラッキーだったかも。私、二人部屋を予約してたんです。それが、今ちょうど空いてないからって。はじめは短い相槌が返ってきていたが、そのうちちゃんとした人々どうしがちゃんとしたことのために交わす、避けることのできない重要なやりとりだけになった。私はそれでもしゃべっていた。あの、ここ、この病院、wi-fiないですよね。いえ、べつにいいんです。だいじょうぶです。wi-fiなくても問題ないです。それから私はようやく黙って、あとはもう黙っていた。医師の声と看護師たちの声。金属の触れ合う音。泣き声。誰かが、私の手になにかを触れさせた。これ何ですか、と私は尋ねた。「赤ちゃんの手ですよ」看護師が驚いたように言った。私は顔をそちらに向けた。なるほどそれは赤ん坊だった。私より裸なのでかすかに好感を抱いた。うっすらと白い医療用の手袋をはめた手に支えられ、赤ん坊は目をきつく閉じて身じろぎをしていた。赤ん坊は新生児室に連れて行かれ、私はこの病室に運ばれた。

夫が帰ってしまうと、看護師がやってきて私の具合をたしかめ、私の手のそばにナースコールを置き直した。麻酔が切れはじめていて、脚が泡立つ波になってしまったみたいにざわついていた。看護師は「なんでこんなところの照明まで」とつぶやき、洗面台の照明を消した。出ていくとき、ぱちんぱちんぱちんと三つの小型電球も消した。

真っ暗な部屋に、両脚の加圧ポンプのしゅーっ、しゅーっという音が際立った。私はうつらうつらした。しかし次の瞬間、頭のてっぺんのほうから響いてくる救急車の音ではっと目が覚めた。窓は、片側四車線の広い通りに面している。ここに誰かが搬送されてくるのだろうか。けれど、救急車はサイレンを撒き散らしながら遠ざかっていく。それはそうだろう、と思った。ここはこぢんまりした産院で、救急搬送されるような状態の妊婦は受け入れられないだろう。私は家で破水したけれども、ナプキンを当てて一人で地下鉄に乗ってここまでやってきたのだ。二度目に救急車の音で目が覚めたときには、ベッドの上を手探りしてスマートフォンで時間を見た。まだ日付も変わっていなかった。普段だったら、ベッドに入ってもいない時間だ。それよりも、スマートフォンの充電が尽きようとしていることにぎくりとした。とるものもとりあえずあわてて病院に来たから、充電器を持ってこなかった。明日持ってきて、必ず、と夫にメールを送った。送るあいだにも、新しい別の救急車が通り過ぎて行った。私はまたうつらうつらし、ときどきそうとは意識せずに小さなうめき声をあげた。寝返りをしようとしたが、うまくいかなかった。背中が痛かった。ベッドの側面の柵を摑むと、冷たかった。私はその柵を握りしめてわずかに体の角度を変え、寝入った。寝入ったけれども、看護師が入って来る音は聞いていた。看護師がドアから入ってきて部屋を横切り、私のベッドに来て、また去っていく気配を聞いていた。私は暗闇の中で薄目を開けた。ひときわ暗いテレビの前で、看護師がこちらにがっしりとした尻を向けてかがんでいた。看護師は何かを摑み、そっと出て行った。次に救急車の音で目を開けると、喉が渇いてしかたがなかった。夫が私のためにベッドの上に置いて行ったペットボトルを引きずり寄せた。電動ベッドのリモコンで背部を少し上げ、水を飲んだ。脚がむずがゆくてならなかった。看護師はそれからも何度か入ってきたが、救急車の音ほど私の眠りを妨げなかった。私は黒い影が静かに部屋を横切り、点滴を取り替え、頭の側にあるブラインドと真向かいの壁がなす隅でうつむいてたたずんでいるのをゆめうつつに見た。またしても救急車が通り過ぎて行って、そのときは私は完全に覚醒し、ネットでニュースを見ようとした。こんなにも救急車が通るのだから、なにかがあったにちがいないのだ。スマートフォンは私の手に握られたまま、布団の中にあった。顔の前に出すと、表面のガラスは暗いままで私の指のこすったあとが白く汚らしく浮いているのが見えた。充電が切れていた。失望すると同時に私は眠り、目覚めた。頭の先で、もう何台目かわからない救急車が近づいてきて遠ざかっていった。事故があったのだと私は思った。きっと大きな事故だ。たいへんなことになってしまった。でも、私は股の開くパンツを履いていて、おむつみたいにかさばるナプキンのせいでこころもちガニ股で、なすすべもなかった。私は眠った。眠るたびに、ひっきりなしに行き交う救急車が私を起こした。サイレンの音は硬く、この手の中に握って隠せるくらいにたしかだった。手を開いて、何もないのが不可解だった。傷さえなかった。あんなに硬くぎざぎざしたサイレンの音を握ったら、刺さって傷だらけになるはずなのに。私のてのひらはやわらかく冷たく分厚くうねる湖の表面だった。やがて、ブラインドの羽根の隙間から光が染み出してきた。

看護師が入ってきて、やさしげに「眠れましたか」と尋ねた。救急車のことを私は訴えた。なにかあったんですよね。なにがあったんですか。

「さあ、とくになにも……」

でも、ここの前の通りを一晩中、救急車が何台も何台も通ったでしょう?

「私は今朝出勤してきたばかりですから……」

看護師は手早く私のパンツの股を開け、私の性器をすがすがしい外気にさらし、尿管を抜いた。下腹の傷を覆うガーゼに指先をひっかけて中を覗き込み、うん、きれいですよと褒めた。脚の加圧ポンプを取り去った。下半身の麻酔はすっかり抜けていた。傷がひどく痛んだ。まるで傷そのものが、私を乗っ取ってこの体の主になろうとしているようだった。

「立てますか」看護師が電動ベッドのリモコンを操作した。背部がゆっくり立ち上がっていく。看護師が私に手をさしのべた。医療用の手袋をはずしたその手の爪の中に、土くれのようなものが挟まっていた。私は彼女を見上げた。子どものような丸い頬をした若い看護師だった。その若さにもかかわらず、また出勤してきたばかりだというわりには、彼女はすでに疲れ果てているようだった。

私は彼女の充血した目をじっと見た。

下腹の傷は、じんじんと熱かった。少しでも力を入れると裂けるような気がした。枕が私の肩にずり落ちた。私は看護師の手にすがり、時間をかけて脚をベッドから下ろした。看護師がひざまずき、私の足にうやうやしくスリッパを履かせた。私はベッドの柵を摑み、呻きながらやっとのことで立ち上がった。空いているほうの手で、ワンピースタイプのパジャマの上から傷を固定するようにぐっと押さえた。こうやって立ってみると、意外とこの痛みとはうまくつきあえそうだった。

「歩けますか」看護師が点滴のスタンドを引き寄せて私に握らせた。多分、と私は言い、頭をめぐらせてブラインドの下りた窓を見た。ブラインドの紐は真向かいの壁際にあった。あの、ブラインド上げてもらえますか。

「え、どうされましたか」

外が見たいんです、と私は言った。私は耳を澄ませた。夜と打って変わって、妙に静かだった。やっぱり変ですよ、静かすぎませんか。

「だって、まだ朝早いですからね」

ブラインドを開けてください、私はきっぱりと言った。すると、看護師はへつらうような笑いを浮かべた。

「ごめんなさい、ここのブラインド、固定されてて上げられないんですよ」

私は黙った。別の看護師が朝食を持って入ってきた。二人の看護師は、私が必死になってそろそろとベッドに戻るのを貼りついた笑顔で監視していた。

看護師が行ってしまうと、私は覚悟を決めてベッドから下り、背を丸め下腹の傷を押さえ、点滴のスタンドとともに一歩一歩真向かいの壁に向かって歩いた。部屋の隅にたどりつき、ブラインドの紐を手に取る。どのような細工がされているのか、さっきの看護師が言ったとおり、紐はいくら引っ張ってもびくとも動かなかった。ブラインドは上がらず、羽根の角度を変えることもできない。私はふと、夜、まさに今私が立っているこの隅に佇んでいる看護師の姿を目にしたことを思い出した。細工はおそらく、あのときになされたのだ。私はのろのろと体の向きを変えた。テレビでニュースを見ようとした。しかし、数歩の距離のテレビの前にやっと着いてみると、テレビ台に置いてあったはずのリモコンが消えていた。リモコンもゆうべのうちに持ち去られたにちがいなかった。

私はベッドで粥をすすった。看護師が、アクリルの水槽のようなものが載ったカートを押して入ってきた。よく見るとそれはベビーベッドであるらしく、中に赤ん坊が入っている。赤ん坊は取り出されたときに見たのと同様、目をきつく閉じて気むずかしげな顔をしていた。

「授乳してみましょうね」看護師が言った。私の尿管を抜いた看護師でも、朝食を持ってきた看護師でもなかった。まとめ損なったうなじの毛がひと束、毛深い首のうしろに垂れている。私は看護師の指示にしたがってパジャマのボタンを開けた。看護師は膝立ちになって私の乳首を強くつまんだ。赤ん坊があっあっと泣き出した。

「もうちょっとでしゅよおお」私の乳首をひねりあげながら看護師が言った。

赤ん坊が手渡され、抱き方の指導があった。赤ん坊は目を閉じたままあっあっと泣き続けていた。その開いた口に乳首をねじこむと、途端に赤ん坊は静かになった。

「うわあ、上手！」看護師が手を打った。私は赤ん坊を見下ろした。赤ん坊にはもうすでに髪の毛がもっさりと生えていたが、眉毛はなかった。浅黒い手は両方ともこぶしをつくって顔の両側に添えられていた。赤ん坊は音もなく乳を飲んでいるそぶりをしていた。私には、乳が出ているのか赤ん坊が飲めているのかさっぱりわからなかった。それよりも、耳を澄ませていた。看護師が、赤ん坊の出生体重やそのほかの数字を述べたてて、私に聞かせようとしていた。私が聞いているのはその声ではなかった。外の音だ。やっぱり、やけに静かだ。いくら朝だと言っても、もうそれほど早い時間ではなくなっていた。大通りを車の行き交う音がするはずなのに。

赤ん坊は再び連れ去られ、乳を飲む時間になると看護師に抱かれてやってきた。看護師は、来るたびにちがう看護師だった。眼帯をした中年の看護師が、私に赤ん坊のおむつの替え方を教えた。

仰向けに寝かされて脚をうごめかせる赤ん坊は、ひっくりかえってどうにもならなくなった虫に似ていた。虫ってどのくらいそのままでいたら死骸になるんだろう。

「きつすぎないように……この隙間に指が二本入るように……」説明するうち、看護師の眼帯にうっすらと血が滲んできた。目、だいじょうぶですか、どうしたんですかと私は言った。

「ああ、ちょっとものもらいができちゃって」看護師はうんちのついたおむつを手早く畳んだ。看護師がやると、それはてのひらに隠し持てるくらいの小ささになった。熱と血圧を測りに来た看護師はかすかに片足をひきずっていて、昼食を持ってきた看護師は泣きはらした目をしていた。テレビのリモコンをください、と言った私に「あれ？　あれえ？　どこ行っちゃったのかしら」とわざとらしくテレビ台周辺を探す真似をしてみせた看護師は、首にサポーターをつけていた。

夫か母がやってくるのを、個室に閉じ込められたままじりじりとして待った。昨日、予定より早く産まなければならなくなったことを電話で母に知らせた。母は、明日新幹線で駆けつけるからね、と言ってくれた。母は今にも姿を現すだろう。ドアをノックして、私から返事があるのを待つだろう。でもこの広い個室の隅から、ドアの外にまで届くほどの声を私はまだ出せない。母は細くドアを開け、中を覗き、「ああ部屋を間違えたかと思った」と言い立てながら飛び込んで来るだろう。しかし予想に反して、母より夫のほうが早く、まだ日の高いうちに来たので、私はびっくりして叫んだ。どうしたの？　会社は？　今日は来るの夜になるって言ってなかった？

「早退したんだよ、どうしてるか気になって」言いながら近づいてくる夫の顔は、煤汚れていた。頬骨には擦り傷。よく見ると、スーツもしわくちゃでほうぼうに泥汚れがついている。なにがあったの、と私は言った。外はどうなってるの。なにかあったんでしょう。

「なにかあったかって、そりゃ……」言いよどんで、夫はぱっと笑顔になった。「子どもが生まれたんだ。ぼくたちの子どもが。それ以上のことなんて、なにひとつない」夫が真っ黒な油まみれの手で私の手を握った。私は自分の手をすっと引き抜いて、布団の端で拭った。ところで、スマートフォンの充電器は持ってきてくれた？

「ああごめん、忘れてた」

じゃああなたのスマートフォン、ちょっと貸してくれる？　母が何時ごろに来るのか、電話して聞きたいの。

「ああごめん、俺のスマートフォンも充電が切れちゃって」夫はスーツのズボンのポケットからスマートフォンを出して私によこした。夫のスマートフォンはガラス面が粉々に割れ、角がひしゃげていた。

外が見たいな、ここ、いい眺めなんでしょう。

「無理して立ち上がって見るほどじゃないよ。今はとにかく安静にしててくれよな。子どものためにも」夫はその場から動きもしなかった。彼はあまりにもベッドのそばに立っていて、私が起き上がって足を下ろす余地がなかった。

喉が渇いた、と私は言った。お水を買ってきてくれない？　自動販売機は、二つ下の階だったっけ？

「水ならまだあるだろ」夫はベッドに転がっている飲みかけのペットボトルに目をやった。ううん、これはもうぬるいの。冷たいのが飲みたいの。

夫が出て行くと、肘の内側のテープを剝がし、点滴の針をむしり取った。さっと血が飛んで、布団に赤く細い筋が走った。私は部屋を慎重に横切った。ドアノブに手をかけて一息つく。草原で輪になっている大勢の少女たちの絵は、こうやっていくらか近づいて斜め横から見上げると、どうも手をつないで輪になっているのではないように見えてきた。少女たちはてんでばらばらだった。それぞれが手を横に広げているだけだった。それに、手前の少女たちは後姿だとわかっていたけれど、輪になっていると思っていたから当然奥の少女たちはこちらを向いているものと思い込んでいた。顔がよく見えないのは遠いところにいるから。まず絵と私が遠かったし、絵の中でも彼女たちは遠くて、だから彼女たちの遠さを示すために顔がはっきりとは描かれていないのだと思っていた。でも、そうではないようだった。彼女たちもまた、手前の少女たちと同じく後姿であるようだった。どうして手をつないで輪になっているなんてふうに見えていたのだろう。彼女たちは、彼女たち全員は、逃げているではないか。手をめちゃくちゃに広げ、あとも見ず、絵の奥に向かって走って逃げていくところではないか。

私はそっと病室を出た。ひどい猫背だし片手は壁、片手は下腹をしっかり支えていないといけないけれど、自分が早くも傷を抱えたまま歩くのに慣れたことがわかった。絨毯敷きの廊下は無人だった。左右の閉ざされたドアの向こうで、見知らぬ妊産婦たちが息を殺して気配をうかがっているのが感じ取れた。部屋いっぱいに育った彼女たちの不安が、今にもドアをはじき飛ばしそうだった。みんな、出て来ればいいのに。でも、彼女たちは私より用心深いようだった。いや、もしかしたら逆かもしれなかった。何もかも私の勘違いで、みんなもう行ってしまったあとなのかも。エレベーターが二つ下の階で止まっているのを確認して、ボタンを押した。やってきたエレベーターに乗り込み、私は一階に下りた。ドアが開くとそこは外来の待合室だ。

いつもなら診察待ちの妊婦でいっぱいのはずの待合室には、誰もいなかった。私ははやる気持ちを抑えきれず、スリッパの足をひきずってできるだけ早足になった。傷がわんわんと主張して、私の体から私を追い出そうとしていた。私は傷を両手で押さえなおした。しっかりと、強く、大切に、赤ん坊を抱くようにして。

　受付から私を呼び止める声がしていた。私は振り向かなかった。ガラスの自動ドアの向こうに、もう明るい外が見えていた。一つ目の自動ドアが開く。私はスリッパのまま、玄関に下りた。二つ目の自動ドアも開いた。私は外に出た。

「なにやってんだよ、どこ行くんだよ」夫がばたばたと追ってくるのが聞こえていた。病院の外の大通りは、コンクリートが割れてそそりたち、陥没して深い穴ができていた。車が虫の死骸みたいにひっくりかえっていた。靴が落ちていた。街路樹が焦げていた。通りの向こう側のビルは窓が割れ、煙が立ち上り、倒壊しかかって隣のビルにもたれかかっているものもあった。立ち尽くす私の両肩を、夫がわしづかみにした。

「ほら、いつもどおりだろう」顔を私の耳元まで下げて、夫はそう言った。

オリアリー夫人

電気ケーブルの敷設の仕事をしている、というのが夫の仕事にかんする認識のほぼすべてで、ほかにいえることがほとんどないという状況は、アンバランスであるといえた。

なにとなにがアンバランスなのか。

一年のうちの十一か月ほど夫が不在になるという事実は、どう考えても重要だ、その重要性に見合うくらいには向こうの仕事について知っておくべきではないか、とつまりそういうふうに思ったのだ。

電線がすでに巡らされている土地にはいかない、それはつまり人が多くいるところへはあまりいかないということで、夫は日本の僻地や電気が普及していない海外のどこかへ敷設しにいく。その場所が近ければ、彼女はたいてい工事期間中に旅行がてら訪れる。それはどちらから言いだしたというわけではなく、自然にできた習慣だった。けれどここ二年ほどはさまざまな意味で渡航しにくい海外の地域がつづいたので、任地を訪ねることはしていなかった。

夫は仕事の内容を話すことはなかった。仕事の話はしない主義なのだろうかと思ったけれど、結婚する前はそれなりに具体的なことを話していた気もするので、どこかで方針を変えたのかもしれなかった。どちらにしても夫の仕事に興味はほとんどないので、話さないでいてくれるほうが楽ではあった。それに自分も会社に勤めているわけだから、仕事の話というカテゴリーに関しては、それで手一杯であるともいえた。

夫がほとんど家にいないという状況を見て、母親はマグロ漁船か潜水艦乗りの妻のようだと言って笑う。マグロ漁船というのはまだ分かるが、潜水艦乗りというのはおかしい。母親だって戦争のことなんて知らないはずで、そういう立場にあった人のことなんか分かるはずがない。いやもしかしたらいまでも潜水艦というのは日本にあるのだろうか。だから母親はそう言うのだろうか。

とにかく母親はそのたとえを繰りかえすのだが、その状況を良いことだと思っているのか、悪いことだと思っているのかよく分からない。判断がつかないのだ。そういう生活になることは結婚する前から夫に言われていた。

去年のクリスマスパーティーがあまりに楽しかったので、彼女はもう一度同じ気持ちを体験できないかと考えた。もちろん十二月まで待てばまた瓜ふたつのパーティーができるはずだったが、ほんとうにうっとりするくらい楽しかったので、待ちきれない気持ちになったのだ。あのパーティーにはどこか特別なところがあった。

その特別な感じを説明することは難しかったが、たぶん王冠くんがいたせいで、そういうふうになった。

会場は千駄ヶ谷の駅からすこし歩いた場所にあるイタリア料理の小さなレストランだった。

小さなレストランというだけではもちろんどのくらい小さいか分からない。変わり者でいつも人の関心を惹くことばかり考えている父親は、象は飼える大きさかなどと言うはずだ。あの店では象は飼えたとしてもたぶん狭さのあまり死んでしまうかもしれない。四人用のテーブルが三つ、二人用のテーブルが四つ、だから着席の場合二十人で満員ということになる。けれどもクリスマスのときには立食だったので、それより多くが参加できた。大きな会場での立食パーティーでよく感じる空虚さはなく、心地よい親密感が場をつねに支配していた。

五月のどこかの土曜日にしようと思っていたのだけれど、そのことで少なくとも十二月のパーティーにあった大きな魅力がひとつ欠けることは確実であり、その美点をあじわうには、やはり冬まで待たなければならなかった。冬のパーティーのときには階段の下にさまざまなコートが並んだ。なにしろコートなので色とりどりとまでは言えなかったが、それでもそこには多彩さと多様さがあった。冬のコートの整列、ハンガーにかかっているが売り物ではない、着られている、生きたコート。女物も男物もまぜこぜ。いま着いたばかりの書評家のコートは、イギリスか北欧のブランドのものかもしれない。大きな柄とすんなりした色。ハンガーに吊されて、まだ外の冷気を放っている。掌をよせるとひんやりとする。さまざまな冬の生地。ウールのメルトン、モッサ、カシミア、スポーツ用コートの場をわきまえなさ。コートは人の代理としてイタリア料理店のハンガーにかかって並ぶ。おとなしい犬のようにそれぞれの主人のことを考えている。

けれど五月の夜もまた美しい。脹よかで柔らかい。冷気もなく熱気もない夜の空気。そういうときに開くパーティーはどんなものになるのだろう。

仕事が閑散期だったので彼女は会社でパーティーのプランを作った。そして王冠くんに手伝ってもらいたいと伝えた。

王冠くんというのはもちろん本名ではない。そういう名字が日本にあるとは思えない。頭のなかで考えた名前、彼女だけが使う名前だ。本名は上も下もとても普通だった。なぜ王冠くんという呼び名を自分が使っているのか、彼女には理由が分からなかったし、考えたこともなかった。王冠を頭に頂いている印象があるとすればたしかに王様なのだが、そんな感じはない、もちろん王様を連想させるほかの要素、たとえばひげとか威厳とか、そんなものもない。体も細くてすっきりしている。けれど頭に載せてはいないけれど、王冠くんは宝石つきの冠を持っている。そして、どう言ったらいいだろう、たまにそれを人にかぶせることができる。

王冠くんは同期だったし、気があったし、交際範囲も重なっていた。そして自分が好む人たちを彼女に紹介したがった。彼女は出版社の総務部で働いていて、王冠くんのほうは編集部だった。王冠くんはあいかわらず手際がよく、日程の調整と店の予約を受けもってくれて、呼ぶ人だけ決めてくれればいいと言った。結局、ゴールデンウィークが終わった翌々週の土曜日になった。

彼女は楽しみながら誰に声をかけるか考え、最終的にクリスマスパーティーから三割ほどを入れ替えることにした。内訳は違う部署の仲のいい何人か、大学時代の友人ふたり、王冠くんと共通の知りあいの、気難しくない作家やライター、王冠くんの個人的な知りあいのグラフィックデザイナー、音楽家や外国人の友人など。全部で十八人になった。

晴れたらいいなと思っていたのだが、その望みはかなえられた。ビルの輪郭を空の青が明瞭に切りわけていた。すこしだけ暑くて歩くと汗が薄く浮きでた。

パーティーは五時からだったけれど一時間ほど前に千駄ヶ谷に行き、会場のイタリア料理店とはべつの通りにあるカフェでコーヒーを飲んだ。

彼女は昔からそういう時間が好きだった。楽しい用事の前にぽっかりと空いた時間、誰もいない内庭のようなそれ。

そういう時間のなかにいると、しばしば子供時代のことが思いだされた。

子供のころに好きだったものはみんなどこへ行ってしまったのだろう。

プラスティックのレモンイエローのコップ、なにかのキャラクターが描かれたそのコップのことはよく憶えている。キャラクターがなにかは忘れてしまったけれどジュースはいつもそれで飲んだ。ほかの、たとえばガラスのコップでは飲まなかった。どうしてそんなにこだわったのだろう。あれはどこにあるのだろうか、いま。

子供時代、夏に着る服はどれもとても軽かった。その頃は痩せていて、手足は針金のようだった。細いその腕は、薄い夏のワンピースとよく調和していた。そしてたくさんの時間が流れた今日も、薄い生地の服を身につけ、仄暗い室内から、明るい外を見ている。開いた窓、飲み物の色、グラスの小さな水圏に浮かぶ氷、離れた時間を繋ぐワンピース。上腕があらわの、裸でいるように軽い服。

レストランにいくと、王冠くんはもういて、受付の準備をしていた。用意していたリストを出して、すでに到着していた三人から会費を貰った。会話の声はもう高く、外はまだ明るい。

ひらひらと動く手や笑い声の隙間を縫って料理を皿に盛ったりカウンターにワインを取りにいったりしてるうちに、やはり小ささが重要だったのだと気づいた。たとえばふたりだけで話しているとしても、そこが体育館だったら親密な話になるだろうか。会社の広い会議室ではどうだろう。狭さや小ささは人間にとってとても大事なものなのではないだろうか。

王冠くんの友人の音楽家は小さなギターを持ってきていた。持ち運びが楽なようにいまはそういう小さなギターがあるらしかった。

音楽家はそれを弾きながら誰も知らない曲を、そして自分が作ったのではないという歌を淡々と歌った。音楽家と仲良くなった大学時代の友人は、ギターを弾いてもらい、昔よく歌ったスコットランドのバンドの曲を歌った。

作家のひとりがA4の大きさのタブレットを見ながら書きかけの作品を朗読した。

なにを話しても楽しく、それは彼女だけではないようで、みんなとにかく笑っていた。その声は外まで響いただろうか、すこし色が濃くなりはじめた空は、まだ薄く柔らかい街路樹の葉は、舗道をいく人たちは、その声を耳にして楽しそうだと思っただろうか。

立食とはいっても壁際には作りつけのシートがあって、ほかにも椅子がすこしおいてあった。奥に五人ほど集まった。

オリアリー夫人の話をはじめたのは王冠くんの知りあいの文学部の学部生という子だった。出版社に就職したいというその子は彼女が編集部の人間ではなく、総務であることを知ると残念そうな顔をした。そういうことは多い。出版社に就職する人間がみんな編集部に入りたいと望むわけではないのだけれど。

その子は英和辞典を引いているさなかに発見したことについて話した。

「オレアンっていう地名を調べていたら、その近くにあるオリアリー夫人っていうのが目に入って」

痩せているが貧相ではないその子は言った。

「オリアリー夫人、一八七一年のシカゴの大火の原因になった牝牛の持主、っていうふうに書いてあったんです」

みなの興味が掻きたてられたことが分かった。

「アメリカでそんなことがあったんだ、全然知らなかった、広い国だからなんでも起こりそうだけど」王冠くんがそう言った。

「あ、でも、伝説みたいです。火事があったのはほんとうかもしれないけど」

「あ、そうなんだ、それはすこし残念」そう言ったのは、朗読をしなかったほうの作家だった。そして一瞬考えたような顔になり、でも、その話はたぶんこういうことだったんだ、と意表をつくことを言いだした。

「オリアリー夫人は牧場の持ち主でね」

みな作家の顔を見た。

「その日はシカゴの街で牛の品評会があって、ベラという名前の牛をつれて街に出ていた。ベラは品評会で見事に一等を射止めた。オリアリー夫人は食肉業者たちの真ん中でお祝いの言葉を浴びていた。そしてそのとき、ベラが暴れだした。不注意な誰かが鼻先で煙草を吸おうとマッチをすったんだ。神経質なベラは柵を破って走りだした。そしてシカゴの街の通りを疾走し、前からきた車とぶつかって、製陶工場に突っこんで窯をこなごなにした。窯の火はカーテンにうつり、隣の食堂の木のテラスに燃えうつり、シカゴの歴史に残る大火になった」

作家は言いおえた。

「オリアリー夫人のこと、知ってたんですか」学部生が訊いた。

「いや、いま作ったんだ」

「え、ほんとにそういうことかと思いました」

「でも、こうかもしれませんよ」書評家が割りこんだ。いつも夢を見ているような顔の書評家はやはり同じ顔で話しはじめた。

「オリアリー夫人は心霊術が嫌いで、でも仲のよい友人が最近しきりに誘ってきて、断りきれなくなり、いやいやながら降霊会に出席することにした。霊媒師はいかにもうさんくさく、服は高そうだけど趣味は最悪でした。その夜、降りてきた霊はロバートという名で、古代ローマの奴隷ということでした。ロバートは死後の世界のことを話しはじめました。霊媒師の言葉を聞いているうちに、どうにも耐えがたくなり、オリアリー夫人はついに言ってしまいます。『ばかばかしい、ローマにはロバートなんていう名前はありません』夫人はそう言い放ちました。

霊媒師は怒って呪ってやると言いかえしました。その呪いはほんとうに効果があったようです。シカゴの街で大火事があって、なぜかその原因がオリアリー夫人のペットの牝牛だという評判がたちました。オリアリー夫人の牝牛の体の模様には特徴があって一目で分かるのですが、その牛が大火の前に何か所かで目撃されたのです。牛は暗いなかで光っていたとみんな口を揃えていいました。

牝牛はその夜はずっと牛舎にいたのですが。

オリアリー夫人はしばらく街の人たちから詮議の目で見られ、すこしつらい時期を過ごしました。だから心霊術師にはたしかに力があったのかもしれません。

けれど呪いがほんとうに効果があったのかどうかは曖昧です。なぜなら燃えた家には心霊術師の家も含まれていて、彼女は哀れにも焼け死んでいたのです」

「アレハンドル・ピニェーラの馬の話かな、チリの」と作家が言った。

短い髪の書評家は笑って答えた。

「馬を牛に変えたり、名前を変えたりしただけじゃ、だませないんだ」

「それも嘘ですか。でもそういうのをすぐ思いつくのってすごいですね」

ふと興味がわいて彼女は王冠くんに水を向けた。

「ほんとはどうだったか、知ってるんじゃない？」

王冠くんはちらりと彼女を見て、それから自分の持っているグラスに視線を落とし、そのまま顔を上げずに言った。

「オリアリー夫人の旧姓はクレメンス、ミス・クレメンス」

王冠くんの声は低かった。

「ミス・クレメンスは南部の旧家の出で、シカゴのミスター・オリアリーと結婚したのは二年前でした。オリアリーはシカゴの銀行家で、牧場経営から金融業に転じたのです。ミスター・オリアリーとの結婚は彼女が望んだものではありませんでした。ミス・クレメンスには好きだった若者がいました。

そしてその若者とシカゴの街で再会します。

いまとは違って結婚した婦人が夫以外の者と話すだけでも厄介なことになりかねない時代でした。けれどふたりは密会を重ねるようになります。

ミスター・オリアリーはそのことを知っていました。

そしてふたりのならず者に若者を痛めつけるように命じます。

ふたりはすこしやりすぎました。若者はそのとき負った傷がもとで死んでしまいます。

ある夜、召使いは夫人が夜中に玄関から外に出ていくのを見たように思いました。けれどそんなはずはないとそのまま自分の部屋に戻り、寝てしまいました。

オリアリー夫人はたしかに外に出ました。牛舎にいったのです。牧場育ちの夫のオリアリーは牛に愛着があり、屋敷の庭の外れに牛舎を造って一頭の牝牛を飼っていました。

オリアリー夫人は牝牛を牛舎から出し、裏庭の門を開け、通りまで引っ張っていき、そこで牝牛の尻を思いっきり叩きました。

牝牛は驚いて走りだし、すぐに夜の闇に紛れてしまいました。

その夜、シカゴの街を燃える牝牛が走りまわりました。

牝牛の深紅の炎はあちらこちらに燃えうつり、シカゴは松明のように燃えあがりました。

牝牛が燃えた理由は分かりません。オリアリー夫人はただ尻を叩いただけです。走っているうちに自然に燃えだしたとしか考えられません。チャールズ・ディケンズは人間の体が急に発火して、灰になるまで燃えつづける現象を小説に書き残しています。どうやらそういうことは当時ほんとうにあったようです」


彼女は王冠くんの顔を見るのが好きだった。話すときの唇の動きかたや、すこし切れ長の目や、鼻孔の線や、耳の形などを見るのが楽しかった。王冠くんが自分を見ていないときにはしげしげと顔や体を観察した。そして休日の朝など、まだ半分眠っているときに、目に蓄えられたそれらを思いだした。

パーティーは終わった。飲み足りない人たちはもう一軒いくことにしたようだった。彼女はすこし迷ったが、思ったより酔っていたので帰ることにした。

王冠くんと別れるときはいつも握手をした。けれどその日は軽く両腕を体にまわしてくれた。王冠くんもかなり酔っていたし、ほかのみんなにもそうしたので、特別な考えがあってというわけではなかったのだろう。背中にまわった手が自分では手の届かない部分を軽く二回叩いた。

帰ってシャワーを浴びながらオリアリー夫人のことを思いだし、浴室を出て部屋着に着替えてから、棚の隅の英和辞典を取りだし、ミスターとミスの項目を眺めてみた。オリアリー夫人ほどではなかったけれどすこし面白そうな項目があった。

「ミス・ウォレンの職業」は一作も読んだことのない劇作家の戯曲で、出版一八九八年、上演一九〇二年とあった。売春問題を扱った作品、教養のある若い娘が、自分の母親の職業がなんであるかを知って母親を拒否し、自分なりの人生を始めようとする——。

それよりもっと面白いものがあった——ミス・ヒッコリーは小説の主人公だった。体はヒッコリーの木の枝、頭はヒッコリーの実でできた人形。コマドリの巣に住む。勇敢に周囲の動物たちを治めていく。

彼女は駒鳥の巣に住んでみたいし、勇敢に動物を治めたいと思った。

明日も休日で、明日も晴れるだろうと彼女は思った。

王冠くんはその後、会社を移った。つぎの仕事は出版には関係がなかった。わたしは王冠をひとつ失った。

座っていてよ、あんたが立ったら、特別な一日になっちゃうじゃないの。

kaze no tanbun

特別ではない一日

目次

【著者紹介】

我妻俊樹　あがつま・としき　作家、歌人
上田岳弘　うえだ・たかひろ　作家、詩人、会社役員
円城塔　えんじょう・とう　作家
岡屋出海　おかや・いづみ　漫画家、イラストレーター
小山田浩子　おやまだ・ひろこ　作家
勝山海百合　かつやま・うみゆり　作家
岸本佐知子　きしもと・さちこ　翻訳家
柴崎友香　しばさき・ともか　作家
高山羽根子　たかやま・はねこ　作家
滝口悠生　たきぐち・ゆうしょう　作家
谷崎由依　たにざき・ゆい　作家、翻訳家、大学教員
西崎憲　にしざき・けん　作家、翻訳家、インディーレーベル主宰
日和聡子　ひわ・さとこ　詩人、作家
藤野可織　ふじの・かおり　作家
水原涼　みずはら・りょう　作家
皆川博子　みながわ・ひろこ　物語り紡ぎ
山尾悠子　やまお・ゆうこ　作家

kaze no tanbun

特別《とくべつ》ではない一日《いちにち》

2019年11月10日　第1刷発行

著　者　我妻俊樹
上田岳弘
円城塔
岡屋出海
小山田浩子
勝山海百合
岸本佐知子
柴崎友香
高山羽根子
滝口悠生
谷崎由依
西崎憲
日和聡子
藤野可織
水原涼
皆川博子
山尾悠子

発行者　富澤凡子
発行所　柏書房株式会社
〒113-0033　東京都文京区本郷2-15-13
電話（03)3830-1891（営業）
（03)3830-1894（編集）

ブックデザイン　奥定泰之
カバー写真　武田陽介
印刷　株式会社精興社
製本　株式会社ブックアート

ISBN978-4-7601-5087-8